네가 망해 버렸으면 좋겠어

바일간 022

네가 망해 버렸으면 좋겠어

박현숙 장편소설

서유재

엿밭을 때마다 빌었다.
제발!
제발요!

차
례

진짜 명품이에요?

"갖고 싶음 가져라. 사이즈도 대충 맞을 거 같은데."

벌사장이 퉁명스럽게 말했다. 순간 자존심이 쪼그라드는 느낌이다. 나는 운동화의 사연이 궁금해서 물어본 것뿐이다. 얘가 어쩌다 이렇게 되었느냐고, 주인에게 버림받은 게 진짜 맞냐고. 그런데 대뜸 운동화에 눈독들인 아이 취급이다.

"누가 갖고 싶대요?"

나도 퉁명스럽게 대꾸했다.

"아니면 마는 거지, 까칠하기는. 와, 오늘도 겁나 덥네. 내가 여태 살면서 살인적인 더위다, 살인적인 더위다, 말만 들었지, 진짜 살인적인 더위는 못 만나 봤거든. 그런데 올여름에 살인적인 더위가 어떤 더위인지 확실히 알아 버렸네. 밖에 나가면 죽겠다, 죽겠어."

벌사장이 힐끗 밖을 내다봤다. 꼭 밖에 나가 보지 않아도 충분했다. 에어컨은 폼으로 달아 놨는지 이 살인적인 더위에도 단 한 번 틀지 않았다. 쉬지 않고 돌아가는 선풍기가 뿜어 대는 바람에 질식할 지경이다.

"한 바퀴 돌고 와라. 운동화 수거하면 사진 곧장 찍고 아파트 이름이랑 동호수 적어서 나한테 전송부터 해. 저번에 수거해 온 운동화 주인 찾느라고 아주 욕은 욕대로 먹고 고생은 고생대로 했잖아. 도대체 정신을 어디다 두고 다니는 건지."

벌사장이 혀를 끌끌 찼다. 솔직히 그 부분에 대해서는 할 말 없다. 그날 다섯 켤레의 운동화를 수거해 왔는데 어떤 운동화가 어느 집에서 가져온 건지 도무지 생각이 나지 않았다.

'번개처럼 수거해서 새 운동화로 만들어 번개처럼 배달해 드립니다.'

벌사장이 운동화 세탁소를 운영하면서 목숨처럼 여기는 약속이다. 그 덕인지 벌사장 세탁소는 멀리서도 찾는 사람이 많고 그런대로 명성도 있다. 그런데 한낱 알바 때문에 수년간 쌓아 온 신뢰가 한순간 무너졌다면서 벌사장은 하루에도 몇 번씩 그 이야기를 꺼냈다.

"마음에 들지 않으면 자르든가요."

잘한 건 없지만 그래서 미안하긴 하지만 자꾸만 머리를 조아리는 건 하기 싫어 배짱을 퉁겼다.

"성질은, 그런다고 자르냐? 계약 기간은 지켜야지."

계약 기간은 한 달이다. 벌사장의 운동화 세탁소에서 일하는 직원이 한 달 동안 휴가를 떠났기 때문이다. 외국 어딘가로 결혼해서 떠난 동생을 만나러 갔다고 했다.

나와 벌사장은 편의점에서 우연히 만났다. 벌사장은 맥주를 마시고 있었고 나는 삼각김밥을 먹고 있었는데 벌사장이 통화하는 소리를 들었다. 한 달 알바를 구하고 있는데 성실하고 빠릿빠릿한 사람이어야 한다고 했다. 운동화를 수거해서 세탁 후에 배달만 해 주면 되는 일이었다. 일당도 제법 많았다.

"혹시 알바 하고 싶어서 그렇게 빤히 쳐다보는 거냐?"

통화를 끝낸 벌사장이 내게 물었다.

"아닌데요."

솔직히 말해 시켜만 주면 하고 싶었다. 내가 빠릿빠릿한지 빠릿빠릿 못 한지 그건 잘 모르겠지만 벌사장의 운동화 세탁소는 우리 집과 멀지 않은 곳에 있었다. 오다가다 본 적이 있다. 유리문 너머로 벌사장을 보며 '세상에 저렇게 못생긴 사람도 있구나' 하고 묘한 동질감을 느낀 적도 있다.

"해 보고 싶으면 해도 된다. 곧 방학이지 않니?"

"예? 해도 돼요? 집도 가까워요. 저기 저쪽으로 올라가면 빌라 많이 있잖아요? 그 동네 살아요."

나는 벌사장 말을 기다렸다는 듯 진심으로 다가들었다.

"하긴 방학 내내 노는 것보다야 용돈벌이라도 하는 게 낫긴 하지. 내가 여태 살면서 제일 보기 싫은 게 뭔지 아냐? 사지 멀쩡하면서 일 안 하고 빈둥빈둥 노는 것들이야."

"저도 그런 사람들을 제일 싫어해요."

"오호, 우린 생각하는 게 딱 맞는구나."

처음 만난 자리에서 '우리'라는 표현을 쓰는 게 살짝 거슬리기는 했지만 그냥 넘겼다.

"내가 좀 전에 통화하면서 말한 임금은 학생이 아닌 경우야. 배달하는 일 말고도 이것저것 세탁소 일을 많이 도와줄 경우. 학생 알바는 좀 전에 네가 들었던 것보다는 좀 적어."

"괜찮아요."

"중학생이라고 했지? 고등학생이 아니라? 그럼 좀 더 깎아야 하는데?"

고등학생, 중학생 가르는 거, 그건 어떤 기준에 의해 나온 계산법이냐고, 세상에 그런 법이 어디 있느냐고 따지고 싶었지만 참았다. 뭐 그럴 수도 있겠다고 생각하기로 했다. 벌사장과 나의 임금 협상은 극적으로 타결되었다. 그때 나는 생각했다. 내가 얼마나 일을 잘하는지 보여 줄 거라고. 그래서 벌사장이 양심의 가책 같은 걸 느끼게 해 줄 거라고. 하지만 그 다짐은 맥없이 쪼그라들었다. 알바 첫날 수거해 온 운동화로 나는 큰 사고를 쳤다.

"얘가 진짜 백만 원도 넘어요?"

"정확히 말하면 백오십사만 원이란다. 가까스로 합의 봐서 내가 물어주기로 한 돈이 백만 원이지. 운동화 세탁해서 백만 원 벌려면 대체 몇 켤레를 세탁해야 하나. 아아, 잊자, 잊어. 그런 계산해 봤자 스트레스만 받지. 갖기 싫으면 쓰레기통에 던져 버려."

벌사장 손가락이 쓰레기통을 가리켰다.

"내가 명품깨나 세탁해 봤는데 말이다. 저런 운동화는 처음이다. 세탁 한 번 했다고 색깔이 변하는 운동화라니, 기가 막힌다, 기가 막혀. 그런데 말이다, 이런 말을 해야 하나 말아야 하나, 너 혹시 저런 명품 브랜드가 있다는 말 들어 봤니? 나는 처음 들었거든. 아니다, 아니야. 내가 명품을 다 아는 것도 아니고. 설마 명품이 아닌데 명품이라고 거짓말이야 했겠니. 세상이 아무리 각박해졌다고 해도 그 정도로 타락했다고 믿고 싶지는 않다. 쓰레기통 뚜껑이 어디 있을 텐데 찾아 덮어 버려라. 아주 꼴도 보기 싫다."

나는 쓰레기통에 운동화를 집어넣고 세탁소 구석에서 먼지를 뒤집어쓰고 있는 쓰레기통 뚜껑을 찾아 덮었다.

"그런데요, 사장님. 백만 원을 물어주기로만 했고 아직 주지는 않았잖아요? 그런데 버려도 돼요? 나중에 운동화 주인이 나타나서 운동화를 내놓으라고 하면 어쩌려고요?"

"별걱정을 다 하네. 내가 색이 좀 바랬다고 전화를 하자마자 돈으로 물어내라고 한 사람이야. 계좌번호를 달라고 했더니 직접 오겠대. 돈을 받으려면 오겠지."

"오겠다고 하고 이틀 동안 안 오고 있잖아요. 전화도 안 받고."

"바쁜 일이 있겠지. 그리고 그날 통화 내용 다 녹음되어 있어. 진짜 별걱정을 다 한다. 너는 그런 쓸데없는 걱정 그만하고 얼른 한 바퀴 돌고 와라."

운동화를 수거해서 세탁소로 돌아오는데 그 운동화가 세탁소 밖 수거함 옆에 놓여 있었다. 벌사장이 쓰레기 정리를 한 모양이었다. 성격 한번 칼 같았다. 나 같으면 운동화 주인이 나타날 때까지 기다려 볼 텐데 말이다.

"저 이제 가요."

나는 수거한 운동화를 들여 놓으며 말했다. 벌사장이 보일 듯 말 듯 고개를 끄덕였다.

"이게 명품이란 말이지. 명품 별거 아니네."

나는 내버려진 운동화를 물끄러미 바라봤다. 초라하고 불쌍했다. 서랑이 말이 떠올랐다.

외모.

성적.

서랑이가 그랬다. 등급으로 매기면 나는 9등급이라고. 틀린 말은 아니었다. 틀린 말은커녕 정확한 말이었다. 거기에 하나를 더 더하자면 집안 사정도 9등급이다.

'너도 이제는 명품에서 떨어져 나와 9등급 처지구나.'

그 생각을 하자 운동화가 더 측은하게 느껴졌다. 나는 나도 모르게 운동화를 집어 들었다. 그때 밖을 내다보고 있던 벌사장과 눈이 딱 마주쳤다. 벌사장이 피식 웃었다. 얼굴이 화끈 달아올랐다.

그래, 그럴 줄 알았다! 명품인데 당연히 욕심나겠지!

벌사장의 표정은 그렇게 말하고 있었다. 집어 드는 걸 벌사장한테 들켰다고 해서 도로 던져 버리는 건 더 웃길 것 같았다. 나는 운동화를 든 채 돌아섰다.

"그거 뭐냐?"

현관에 들어서자마자 거실에 큰대자로 뻗어 텔레비전을 보고 있던 정이가 고개만 돌린 채 물었다.

"운동화."

"운동화인 건 알지. 뭔 운동화를 끌어안고 오느냐는 말이지? 처음 보는 건데? 설마 오늘 알바비 대신 받은 건 아니지?"

"알바비를 헌 운동화로 줄 정도로 벌사장이 그렇게 파격적으로 못돼 먹은 인성은 아니거든. 신경 꺼."

나는 시큰둥하게 대꾸하고는 방으로 들어왔다. 서향인 방은 오후의 햇볕이 깊게 들어차 있었다. 숨이 턱턱 막혔다.

"에어컨 좀 틀자."

나는 거실을 향해 소리쳤다.

"안 돼. 엄마가 살 만하면 절대 틀지 말라고 했어."

"이게 살 만한 날씨냐?"

"나는 살 만한데. 아 참, 애들 놀러 갔다더라. 우리 반 애들도 몇 명 같이 갔는데 태후랑 서랑이도 갔대. 태후가 과연 서랑이에게 넘어갈까? 서랑이가 자신 있다고 했다던데."

정이가 소리쳤다.

"그게 나랑 뭔 상관이야."

서랑이 얼굴이 눈앞에 떠올랐다. 얼굴을 떠올리기만 했는데도 질식할 것처럼 숨이 턱턱 막혔다.

"왜 상관이 없어? 너, 태후 좋아하잖아. 장선, 목 졸라 안 아프냐? 옛날 어른들께서 올라가지 못할 나무는 쳐다보지 말라고 했는데."

"아니라고 했잖아. 아니라고!"

벌써 골백번도 넘게 얘기했겠다.

"아니 땐 굴뚝에 연기는 나지 않는다, 우리의 지혜로운 옛날 어른들께서 이런 명언을 남기셨지. 그런 말이 공연히 대대로 이어 오겠니?"

억울해서 속이 확 뒤집어질 정도다.

"너, 나랑 가족이지?"

나는 정이를 뚫어지게 바라보며 물었다.

"응."

"게다가 쌍둥이고?"

"응."

"그럼 내 말을 믿어야겠니, 떠도는 소문을 믿어야겠니?"

"당연히 네 말을 믿고 싶지."

"믿고 싶으니까 믿으라고. 헛소문에 가짜 뉴스 믿지 말고."

쾅!

나는 방문을 부서져라 닫아 정이 말을 중간에 잘라 버렸다.

'짜증 나.'

나는 햇볕을 피해 방바닥에 벌러덩 누웠다.

얼마 전이다. 급식 반찬으로 갈비찜이 나왔는데 고무처럼 질겼다. 씹어도 씹어도 잘게 부서지지 않았다. 그렇다고 그냥 삼키기에는 너무 컸다. 허공을 바라보며 고기 씹는 데 열중하고 있는데 서랑이가 내 옆으로 오더니 속이 뒤집어지는 말을 했다. 내가 태후를 하염없이 바라봤단다. 시간을 재어 봤는데 15분이었단다. 태후가 밥을 다 먹을 때까지 내가 식판에 밥을 수북이 쌓아 놓고 태후만 바라봤단다.

"나는 태후를 바라본 적 없는데? 내가 왜 태후를 바라봐?"

나는 무덤덤하게 아니라고 했다.

"장선, 네가 태후를 좋아하기 때문이지."

서랑이는 기막힌 얘기를 했다.

"장선, 너는 네가 태후랑 어울린다고 생각하니?"

하도 기막혀 말문이 막혔는데 서랑이는 계속 내가 태후를 좋아해서 바라본 거라고 뒤집어씌웠다. 아니라고 말할 시간도 주지 않고 쉼 없이 조잘거렸다. 교실로 돌아와서는 본격적으로 내 얼굴을 까내리기 시작했다. 9등급 말도 그때 나왔다. 자다가 얼음물 뒤집어쓴 기분이었다. 너무 황당하고 당황스러워서 적극적으로 아니라는 말도 못 했다. 지금 생각하면 참 바보 같았다. 그때 확실히 해야 했다. 어정쩡하게 넘긴 바람에 말도 안 되는 소문이 났다. 그래도 그날 수진이가 있어서 다행이었다.

"외모로 사람을 평가하는 건 옳지 못한 일 같은데? 그리고 사람의 외모는 객관적인 것보다 주관적인 면이 많아. 서랑이 네가 다 옳지는 않아."

서랑이는 수진이의 말에 토를 달지 못했다. 수진이는 어느 것 하나 빠지지 않는 아이였다. 서랑이 말대로라면 수진이는 외모도 성적도 1등급인 아이였다. 솔직히 수진이에 비하면 서랑이는 한없이 초라했다. 볼 거라고는 얼굴 하나밖에 없으니까. 성격은 예민하고 멋대로다. 의심도 더럽게 많다. 누가 모여서 숙덕거리고 있으면 혹시라도 제 흉을 보나 싶어 어쩔 줄 몰라 하는 구석이 있다.

아! 그 얼굴이라는 것도 그렇다. 화장품을 덕지덕지 바르고 다니는 바람에 서랑이의 맨얼굴이 기억나지 않았다. 중학교 입학식 때 내 옆에 서 있었는데 그때는 맨얼굴이었던 것 같다. 하지만 맨얼굴이 예뻤는지 어땠는지 기억에 없다.

그날 서랑이의 만행으로 인해 내가 태후를 좋아한다는 말이 나돌았다. 더 열받고 자존심 상하는 건 태후의 반응이었다. 태후는 그 소문에도 태연하고 무덤덤했다.

'나 같은 아이가 저 같은 아이를 좋아하는 건 당연하다는 뜻이야, 뭐야.'

태후는 우리 학교 여학생 3분의 2가 좋아하는 아이다.

나는 어느 날 용기를 내서 태후에게 말했다.

"그 소문은 사실이 아니야."

내 말에 태후는 보일 듯 말 듯 고개를 끄덕였다. 내 말을 믿는다는 뜻인지 못 믿는다는 뜻인지 알 수 없었다. 그리고 그걸로 끝이었다. 태후의 그런 행동은 나를 더 초라하게 만들었다.

신은 없다. 신이 존재하며 만사 공평하다는 건 다 거짓말이다. 공평한 신이 존재했다면 나에게도 뭔가 하나는 주었을 거다. 외모, 성적, 집안 사정, 남들이 평가할 수 있는 것 중 하나 정도는 손에 쥐여 줬을 거다. 이렇게 엿이나 먹으라는 식으로 세상에 내팽개칠 수는 없는 거다.

'짜증 나.'

나는 운동화를 책상 밑으로 밀어 넣고 방바닥에 벌렁 누웠다. 진짜 더럽게 덥다.

세상에서 가장 멍청한 짓

여름방학이 지났다. 영원히 끝날 것 같지 않았던 살인적인 더위도 서서히 물러가기 시작했다.

"방학 끝나고도 알바 계속해 줄 수 있나? 직원이 휴가를 더 쓰겠다고 연락이 와서 말이야. 얼마나 더 쓸지는 확실히 말하지 않아서 잘 모르겠지만 길어야 한 달 정도겠지. 동생이 이혼한다고 그러나 봐. 그 일을 해결해야 한대. 결혼해서 외국으로 간 지 몇 달 안 되었는데 벌써 이혼이라니. 오후에 잠깐 오면 되잖아? 주말에 몰아서 할 수 있는 건 몰아 줄게."

벌사장은 시간당 알바비도 올려주겠다고 넌지시 말했다. 한 달 정도 더 한다고 해서 큰일 날 것도 아니었다. 나는 벌사장 제안을 받아들이기로 했다.

개학 첫날 만난 태후와 서랑이는 꽁냥꽁냥, 두 눈 뜨고는 못 봐 줄 정도로 발전해 있었다.

"둘이 사귀냐?"

"서랑이가 큰소리쳤잖아? 방학 동안 태후랑 사귀고야 말 거라고."

"그래서 태후가 넘어간 거야? 오호, 대박! 태후가 서랑이 랑? 이건 무슨 조합?"

아이들 관심은 온통 태후와 서랑이에게 쏠렸다.

"장선, 태후랑 서랑이가 사귄다는데?"

율이가 나에게 다가와 심각하게 말했다.

"그게 나하고 무슨 상관이야?"

"아무렇지도 않아?"

"그럼 내가 울기라도 해야 해?"

이제 입이 아파서 말도 하기 싫었다. 애들은 믿고 싶은 것 만 믿었고 믿기 싫은 건 절대 믿지 않았다.

"나는 태후와 서랑이가 얼마 못 가 헤어진다에 한 표다."

율이가 나에게 말했다. 그것도 대단한 비밀을 말하듯 은밀 하게. 나는 그 말도 기분 나빴다. 그래서 뭐? 태후와 서랑이 가 헤어지면 뭐?

개학 첫날부터 한없이 우울했다.

서랑이 어깨는 한껏 올라갔다. 세상을 다 얻은 듯한 표정이었다. 서랑이는 반 아이들 전체에게 포도젤리 한 봉지씩을 돌렸다. 태후와 사귀게 된 기념으로 돌리는 거란다. 포도젤리 하나에 넘어가 '축하한다, 쭉쭉 나가서 결혼까지 해라' 같은 덕담까지 쏟아졌다. 유치하기 짝이 없었다.

"장선. 맛있게 먹어. 축하해 주고."

서랑이는 내게 포도젤리를 쥐여 주며 한쪽 눈을 찡긋거렸다. 기막히고 어이없어서 배 속에 있는 장기들이 한꺼번에 배배 꼬이듯 아팠다.

나는 점심을 먹고 제일 먼저 교실로 돌아와 포도젤리를 쓰레기통에 던져 버렸다.

'한심한 놈.'

나는 시간이 지날수록 서랑이를 웃는 눈으로 바라보는 태후가 서랑이보다 더 미웠다. 대체 서랑이 어디가 좋을까.

'정이가 그랬지. 유유상종이라고.'

그것도 지혜로운 옛 어른들이 남긴 명언인데 똑같은 것들끼리 친해진다는 말이라고 했다. 어쩌면 우리 학교 아이들 모두가 태후에게 속고 있을 수도 있다.

태후는 오서랑 얼굴 하나 보고 넘어갔을 거다. 엄마가 그러는데 세상에 가장 미련하고 멍청한 짓이 얼굴 보고 사귀자고 달려드는 일이라고 했다. 엄마가 소싯적에 그랬단다. 아빠 얼굴 하나 보고 달려들었다가 고생길로 접어들었단다.

엄마가 아빠를 처음 만났을 때 아빠는 캥거루족이었다. 대학교를 졸업하고 군대를 다녀온 다음 공무원 시험에 세 번이나 미끄러지고 독립도 못 하고 있는 처지였다. 독립은커녕 용돈도 벌지 못하고 할머니 할아버지 앞주머니에서 살고 있는 처지였단다. 그런 상황에서도 허세는 절 대로 절어 9급 공무원 시험 준비하면서 엄마에게는 7급이라고 뻥쳤다고 했다. 9급이 뭔지 7급이 뭔지 공무원 세계에 대해 아는 게 없던 엄마인데 말이다. 하지만 그런 아빠가 외모 하나는 어디에도 뒤지지 않았단다. 이건 순전히 엄마 말인데 나는 이 말을 지금도 이해할 수 없다. 밖에 나가면 사람들은 같은 말을 한다. 딸들이 아빠랑 똑같네! 그럼에도 불구하고 외모 평가는 주관적인 면이 중요하니 통과! 아무튼 외모 하나 보고 그럭저럭 만나던 중 덜컥 나와 정이가 생긴 거다.

당시.

아빠 백수.

엄마 백수.

요즘은 청소년이 애를 낳아도 당당하게 텔레비전 프로그램에 등장하는 시대지만 엄마가 임신을 했던 시기는 그런 시

대가 아니었단다.

"결혼 전 임신이라니. 당시의 눈물 났던 그 사연을 책으로 쓰면 열 권도 넘게 나와. 내가 정이와 선이를 지키기 위해 세상의 무시무시한 눈과 맞선 거지. 너네 아빠를 만난 걸 후회하지는 않지만 얼굴 하나에 빠진 대가를 톡톡히 치렀지."

엄마는 지금도 영웅담을 풀어놓듯 말한다. 하지만 엄마는 모르고 있다. 할머니가 모든 진실을 나와 정이에게 말했다는 사실을. 할머니는 그 말을 한 다음 죽을 때까지 비밀을 지켜야 한다고 입단속을 시켰다.

"돈 한 푼 없는 두 백수가 일을 저질러 놓고 우왕좌왕 뭘 어찌할지 모르고 시간만 보낸 거지. 쌍둥이를 임신했는데도 어쩜 그렇게 배가 홀쭉한지 누구도 눈치채지 못했다니까. 낳을 달이 되어서 임신이라고 충격 고백을 하며 낳기 싫은데 어떻게 하면 좋으냐고 물어보더라고. 고민하고 걱정만 하다 보니 열 달이 다 되었다고. 병원에서 낳는 방법밖에 없다고 하니까 울고불고 난리도 아니었지. 정이와 선이를 지키기 위해 세상의 무시무시한 눈과 맞섰다고? 세상에 어쩌면 눈 하나 깜짝하지 않고 사실을 왜곡시키니? 아무튼 그렇게 아기 캥거루 한 마리가 세 마리의 캥거루를 더 데리고 주머니 속으로 들어온 거지. 아휴, 처음에 같은 집에서 사는데 숨이 막

혀서 살 수가 없어 그동안 모아 놓은 돈으로 두 백수와 백수의 딸들이 살 집을 마련해 줬지. 그러니 네 할아버지와 내가 뼛골이 빠지는 거지. 그 덕에 이 나이 먹도록 일하고 있잖아? 재수 없으면 백 살 넘게 사는 세상이니 한 푼이라도 더 벌어야지."

결국 아빠는 공무원 시험을 포기했다. 공부를 하고 싶어도 공부할 상황이 아니어서 눈물을 머금고 포기했다고 하지만 할머니 말은 다르다.

"처음부터 될 놈이 아니었어."

할머니는 딱 잘라 말했다.

아빠의 직업은 현재 프리랜서다. 뭘 자유롭게 하는지는 잘 모른다. 나와 정이가 물어보면 이것도 하고 저것도 한다고 말한다. 일도 이것저것 자유롭게 하는 아빠는 정신세계도 자유롭다. 어떤 날은 머리카락을 파란색으로 염색하고 어떤 날은 노란색으로 염색한다. 초록색으로 염색한 날도 있다. 엄마는 빨간색으로 하지 않아서 다행이라고 했다. 그렇지 않아도 머리가 크고 머리숱이 어마어마하게 많은 아빠가 빨간색으로 염색을 하고 나타나면 섬찟할 것 같다고 말이다.

엄마는 네일숍에서 일한다. 엄마의 꿈은 자신의 네일숍을 차리는 거다. 그 꿈이 언제 이뤄질지는 모른다. 슬프지만 영원히 이뤄지지 않을 수도 있다. 할머니가 그랬다. 둘이 벌어도 생활비가 빠듯한데 언제 돈 모아서 네일숍을 차리겠냐고. 그건 현실적으로 불가능한 일이라고. 물론 그 말은 나와 정이 앞에서만 했다.

"나는 네 꿈을 응원한다."

할머니는 엄마 앞에서는 이렇게 말한다.

할머니와 엄마 사이에는 이해할 수 없는 기류가 흐른다. 서로 좋아하는 거 같기도 하고 아닌 거 같기도 하다. 애매한 사이다. 하지만 확실한 건 할머니도 엄마도 서로에게 고마워하고 있다는 거다. 할머니는 엄마가 아빠를 구했다고 말하고 엄마는 할머니가 없었으면 그 험한 세상 더 슬펐을 거라고 말한다.

개학 첫날부터 기분 꽝이다.

'태후가 서랑이랑 사귀면서 고생길로 들어섰으면 좋겠다.'

나는 진심으로 바랐다.

쳐다보지 말아야지, 신경 쓰지 말아야지, 결심하면 할수록 자꾸만 서랑이가 눈에 들어왔다. 우울해서 견딜 수가 없는데 오후가 되자 하늘까지 꾸물꾸물해지더니 학교를 마칠 시간에는 비가 쏟아졌다. 우산 살 돈도 없고 그렇다고 해서 집까지 비를 맞고 갈 자신도 없어 중앙현관에 멍하니 서 있었다.

"장선, 뭐 해? 그러고 계속 서 있으면 누가 우산이라도 준대? 가방을 머리에 이고 뛰어."

정이는 가방을 머리에 이고 빗속으로 뛰어들었다. 나는 운동장을 가로질러 빗속으로 사라지는 정이를 물끄러미 바라봤다. 내가 세상에서 제일 싫어하는 것 중의 하나가 비를 맞는 거다. 정이도 마찬가지다. 정이와 나는 머리숱이 심할 정도로 없다. 다른 건 다 아빠를 닮았는데 그것만 닮지 않았다. 비를 맞으면 머리카락이 숭숭 빠질 것 같은 불안함이 늘 있다. 나는 한참을 더 서 있다가 아이들이 거의 빠져나간 다음 가방을 머리에 이고 빗속으로 뛰어들었다. 어쩔 수 없었다.

집에 도착했을 때는 물속에 푹 잠겼다 나온 듯 온몸에서 빗물이 줄줄 흘렀다. 하지만 머리는 보송보송했다.

"야, 장선."

현관문을 열고 들어서자마자 정이가 소리를 빽 질렀다.

"오늘 자존심 엄청 상했어."

정이 목에 핏대가 섰다. 정이는 엄마를 닮아 초긍정 인간형이다. 웬만해서는 흔들리지 않는다. 어떤 비바람에도 굴하는 않는 강철 멘탈의 장정이 핏대까지 세우며 소리를 지르는 걸 보면 뭔가 큰일이 터진 게 확실했다.

"서랑이가 나를 너로 착각했나 봐. 야, 걔들 왜 그러냐? 아,

자존심 상해."

정이 말은 이랬다.

정이가 가방을 머리에 이고 달리는데 하늘에서 연필이랑 펜이랑 문구류가 와르르 내리더란다. 신기한 일도 다 있다, 하늘에서 이런 게 다 내린다, 이러고 뛰는 걸 멈췄는데 정이 가방이 열려 있었다고 했다. 정이는 필통이 없다. 얼마 전에 옆구리가 터져서 버렸다. 펜이나 연필은 가방 안에 그냥 넣고 다닌다. 정이가 빗속에 쪼그리고 앉아 땅바닥에 흩어진 그것들을 주워 가방에 넣는데 마침 태후와 서랑이가 옆을 지나갔단다. 서랑이가 큭큭거리고 웃으며 태후 옆구리를 찔렀단다. 태후와 서랑이는 빗속에 쪼그리고 앉아 흩어진 문구류를 급하게 수습하던 정이가 나인 줄 착각했다는 거다.

"그러기에 필통 좀 새로 사라고 했잖아?"

말만 들어도 끔찍한 장면이었다.

"선이 너, 태후 좋아하는 거 그만둬. 서랑이 같은 애한테 그런 취급 받으면서 태후를 짝사랑하고 싶어? 계속 태후 좋아한다는 소문이 들리면 내가 가만있지 않을 거야. 나는 우리 가족이 누군가에게 그런 취급 당하는 거 싫어."

"아, 입 아파서 미치겠네, 진짜."

나는 방으로 들어와 버렸다.

'짜증 나.'

서랑이 얼굴을 떠올리자 스트레스가 뒷목으로 올라와 찌릿찌릿했다.

샤워를 하고 옷을 갈아입은 다음 알바를 가려고 나왔다. 정이는 텔레비전에 흠뻑 빠져 있었다. 좀 전에 팔팔 뛰던 정이는 간 곳이 없었다.

"하여튼 초긍정. 그런데 뭐 신고 가지?"

하나밖에 없는 운동화는 흠뻑 젖어 있었다. 여름 내내 신었던 샌들을 꺼내 봤다. 끈 하나가 떨어져 있었다,

"아, 맞다. 명품."

나는 방으로 들어가 책상 밑에서 그 운동화를 꺼내 신었다. 발에 딱 맞았다.

'벌사장이 뭐라고 하려나?'

그게 걱정이었다. 하지만 뭐라고 하든 말든 다른 선택은 없었다.

벌사장이 문을 열고 들어서는 내 발을 힐끗 바라봤다. 그러더니 픽 웃었다.

"왜 웃어요? 누가 뭐 신고 싶어서 신은 줄 알아요? 어쩔 수 없는 상황이라는 게 있거든요."

"웃기는 누가 웃어? 웃은 적 없다."

벌사장이 오리발을 내밀었다. 나는 벌사장이 내민 메모장에 적힌 대로 세탁할 운동화를 수거해 왔다. 비가 쏟아지는데 운동화 세탁을 맡기겠다는 사람이 유독 많았다.

"이제 막 들어왔는데 미안하지만 배달 다녀와라. 깨끗하게 세탁했으니까 빗물 안 들어가게 조심하고. 비스타혁신은 좀 먼데 고생 좀 해라. 원래는 내일 배달인데 세탁 끝났으면 지금 당장 가져다 달라지 뭐냐."

나는 벌사장 말에 아무 말도 하지 않았다. 세탁을 끝낸 운동화가 들어 있는 비닐봉지만 끌어안고 밖으로 나왔다.

'비스타혁신 아파트 202동. 더럽게도 먼 곳인데 직접 와서 맡겼나 보네. 세탁비도 다른 곳보다 비싼데 미쳤군, 미쳤어.'

비스타혁신 아파트 앞에 도착했을 때 비는 더 강하게 퍼부었다. 빗물이 들어갈까 봐 나는 봉지를 더 세게 끌어안았다.

202동 2202호 초인종을 누르고 서 있는데 갑자기 발바닥이 가려웠다. 큰 벌레가 굼실거리며 발바닥을 기어가는 것 같았다. 나는 쪼그리고 앉아 발바닥을 벅벅 긁었다.

덜커덕.

그때 2202호 현관문이 벌컥 열렸다. 나는 너무 놀라 숨이 멈추는 줄 알았다. 2202호에서 나온 사람은 태후였다.

"장선, 네가 여기 웬일이야?"

내가 묻고 싶은 말이다. 태후 네가 왜 거기서 나와? 나는
운동화가 든 봉지를 높이 들었다.

"아, 운동화. 벌세탁소, 너네가 해?"

"알바."

나는 엉거주춤 일어났다.

"아, 알바."

태후가 봉지에서 운동화를 꺼냈다. 하얀 바탕에 빨간색과
초록색 줄무늬가 꽈배기 모양으로 있는 운동화였다. 발바닥
이 미치도록 가려웠다. 나는 서둘러 뒤돌아서서 엘리베이터
버튼을 눌렀다. 엘리베이터에 타고 문이 닫히자 신기하게 발
바닥 가려운 게 사라졌다.

이상한 운동화

"이상하다."

운동화 안은 멀쩡했다. 발바닥을 가렵게 할 만한 건 아무 것도 없었다.

"아까부터 뭐가 그렇게 이상하다고 중얼거려? 집에 안 가?"

"가요."

나는 자리를 털고 일어났다.

"맨발로 갈 거야? 운동화 안 신어?"

"예?"

"너 지금 맨발이잖아? 아무리 피가 펄펄 끓는 맨발의 청춘 이라지만 이렇게 비가 쏟아지는데 그러고 다니면 미친년으로 오해받기 딱 좋지."

"말을 왜 그런 식으로 하세요? 미친년이 뭐예요, 미친년이. 품위 떨어지게."

"너한테 한 말 아니다. 그런 말을 들을 수도 있다, 이 말이지."

나는 벗어 놓은 운동화를 신었다. 발가락을 꼬물거려 봤다. 가렵지도 않고 불쾌감 같은 것도 없었다. 포근하니 보송보송하기만 했다.

"가는 길에 배달 한 군데 더 하고 가라. 너네 집이랑 같은 방향이야."

벌사장이 운동화가 든 봉지를 안겨 주었다.

"알바 시간 끝났는데 일을 더 시키는 거 같아 미안하긴 한데 그렇다고 집 가는 길에 배달한 걸 시간외수당을 줄 수도 없고, 줘도 받을 네가 아니잖아. 대신 이거 먹으면서 가라."

벌사장이 냉장고를 뒤적여 뭔가를 꺼내 내밀었다. 포도젤리였다.

"언제부터 포도젤리가 이렇게 유행이에요? 저 포도 알레르기 있어요. 시간외수당은 필요 없어요. 그냥 봉사하는 걸로 할게요."

"포도 알레르기야? 이야, 신기하다. 나도 포도 알레르기인데. 어떤 손님이 주고 갔는데 먹지도 못하고 냉장고에 처박아 뒀거든."

벌사장이 두 눈을 크게 떴다. 하도 작은 눈이라 크게 떠 봤자 거기서 거기였다.

"과일 알레르기 가진 사람 의외로 많아요. 신기할 거 하나도 없어요."

나는 쏘아붙이고는 세탁소에서 나왔다.

비는 여전히 퍼붓고 있었다. 한참을 걸어가는데 편안하고 안락하던 운동화 속이 좀 이상해지는가 싶더니 갑자기 발바닥이 가렵기 시작했다, 나는 손가락을 곤두세워 손톱이 부서져라 발바닥을 긁었다. 그때 검은 우산을 쓴 사람이 옆을 지나갔다. 빨간색과 초록색 줄이 꽈배기처럼 엮인 하얀 운동화가 눈에 쏙 들어왔다. 아까 태후에게 배달해 준 운동화와 똑같았다.

'태후?'

나는 자리를 박차고 일어났다. 그 바람에 안고 있던 운동화 봉지가 바닥에 내동댕이쳐졌다. 새하얀 운동화 한 짝이 튀어나와 고인 빗물로 퐁당 들어갔다.

'망했다.'

오늘따라 태후를 왜 이렇게 자주 본담. 미운 놈은 미운 짓만 골라 한다고 갑자기 거기서 갑자기 튀어나올 게 뭐람. 태후가 사라진 쪽을 바라보며 중얼거렸다.

'태후가 나타나면 가려운 건가.'

문득 이 생각이 들었다. 생각하면 생각할수록 확실했다.

'분명해. 하지만 왜? 왜 태후가 나타날 때마다 발바닥이 가려워? 아무 이유가 없잖아?'

나는 고개를 갸웃거리며 운동화를 들고 도로 세탁소로 갔다.

"이게 뭐냐? 운동화가 왜 이 꼴이 되었어?"

벌사장이 놀라서 물었다.

"그러게요? 왜 그 꼴이 되었을까요?"

분명 태후와 연관이 있는 것 같은데 이유가 없다.

"얘가 뭐라는 거야? 운동화가 왜 이 꼴이 되었느냐고!"

"그러니까요. 왜 그 꼴이 되었느냐고요."

"너 지금 나하고 뭐 하자는 거냐? 장선! 너 지금 나 놀리는 거냐?"

벌사장이 소리를 빽 질렀다. 나는 그제야 정신이 번쩍 들었다.

"얘가 좀 이상하네. 넋이 나간 거 같아. 너 괜찮은 거지? 어디 아픈 거냐? 부모님께 연락해야 하는 거 아닌가?"

"괘 괘 괜찮아요. 연락 안 해도 돼요. 제가 넘어졌거든요. 그래서 잠시 충격을 받은 거 같아요. 죄송해요. 다시 세탁하는 세탁비는 알바비에서 빼세요."

"넘어졌어? 혹시 머리를 부딪혔니?"

"아 아니요, 머리를 부딪히지는 않았고요, 이렇게."

나는 두 팔을 쫙 펴고 엎어지는 시늉을 했다.

"개구리처럼 엎어졌구나? 머리가 아니라서 다행이다. 내가 머리를 부딪힌 적이 있어서 심각함을 잘 알고 있거든."

벌사장은 진심으로 걱정하는 눈치였다.

"고등학생 때인데 체육시간이었지. 뜀틀 넘기를 하는데 점수를 매겼어. 뜀틀 넘기 알지? 저만큼 뜀틀을 놓고 20~30미터 정도 매트를 깔아 놓고 막 달려가서 도움닫기로 뜀틀을 멋지게 넘는 거지. 내가 다른 공부는 별로인데 체육은 그런대로 하는 편이었지. 그런데 체육 샘이 뭐라고 하는 거야. 나는 다시 하겠다고 했지. A를 받고 싶었거든. 다시 뜀틀을 넘는 순간 중심을 잃고 매트 밖 시멘트 바닥에 머리를 박았지. 그 뒤는 생각이 안 나고 잠시 후 내가 아이들과 줄을 서 있었지. 아마 체육시간이 끝났나 봐. 내가 짝꿍에게 우리가 왜 여기에 있느냐고 물었어. 정말 왜 거기에 있는지 모르겠더라고. 곧바로 보건실로 가서 누워 있었어. 담임 샘이 와서 괜찮냐고 물어보고 난리도 아니었지. 오후에 집에 가는 길에 누군가 나를 보고 아주 반가워하는데 누군지 모르겠는 거야."

"헐, 그래서 어떻게 되었어요?"

"한 이틀 자고 나니까 괜찮아지더라고. 그때 깨달았단다. 머리가 중요하다는 걸. 오토바이 타면서 헬멧도 안 쓰고 다니는 것들, 뭘 몰라서……."

부우우우우웅.

그때 오토바이 한 대가 요란하게 지나갔다. 오토바이 운전자는 헬멧을 쓰고 있는데 뒤에 앉은 사람은 쓰지 않았다. 비도 쏟아지는데.

"저것 봐라, 저것 봐. 저만 살겠다고 혼자 헬멧 썼네. 저런 놈 뒤에 앉아 가는 여자도 참 한심하다. 저런 놈이랑은 곧장 헤어지는 게 제일인데 말이야. 저놈, 허우대만 멀쩡하고 속은 텅텅 빈 놈이 확실해. 남자 생긴 것만 보고 좋아하다가는 저런 일이 발생하는 거라고. 사람이 외모 뜯어먹고 사는 것도 아니고. 외모라는 것은 옷 같은 거야. 세월이 지나면 옷이 낡아 버리듯 사람 얼굴도 마찬가지야. 사람이란 어떤 생각을 갖고 사느냐가 중요한 거야. 이 머릿속이 중요하다고."

벌사장이 심하다 싶을 정도로 말을 길게 했다. 그 짧은 순간에 오토바이를 타고 가던 두 사람의 관계를 알아차린 거처

럼 말하는데 그건 순전히 벌사장의 생각이다. 자신만의 생각
으로 저 정도까지 열을 내다니 좀 이해가 되지 않기도 했지
만 중요한 건 운전자만 헬멧을 썼다는 거다. 그건 심했다. 유
사시 저만 살겠다는 심보가 확실하다. 벌사장 말대로 그런
놈하고는 헤어지는 게 최고다.

"너도 사람 외모 보냐?"

벌사장이 물었다.

"예?"

"너도 남자친구 사귈 때 외모부터 보느냐고."

"남자친구를 안 사귀어 봐서 잘 모르겠는데요."

"앞으로 사귀게 되면 내 말 명심해라. 키가 작으면 어때.
옷감도 적게 들고 높은 곳에 부딪힐 일도 없고 두루두루 장
점이 많아."

벌사장 키가 유난히 작긴 했다.

"눈도 좀 작으면 어떠냐? 보일 거 다 보여. 코도 꼭 높게 솟
아오를 필요가 있니? 공연히 어디 부딪히면 코뼈 부러질 위
험성이나 높지. 안 그러냐? 선이 너도 눈도 작고 코도 납작하
잖아."

묘하게 나와 엮었다.

"왜 가만히 있는 저를 들먹여요?"

"됐고. 넘어졌다는 애한테 뭐라고 할 정도로 내가 팍팍한 사람은 아니지. 다치지 않았으니 되었고 운동화는 다시 세탁하면 되는 거지."

오늘 배달해 주기로 했는데 이 모양을 만들면 고객과의 신뢰가 떨어지는데 어쩌냐고 나올 줄 알았는데 의외였다.

"고맙습니다. 다음부터는 넘어지지 않도록 조심할게요."

나는 진심으로 말하고는 세탁소에서 나왔다.

'이 운동화 대체 뭐지?'

나는 집에 돌아와 현관에 주저앉아 운동화를 벗어 들고 이리저리 살폈다. 이상하다는 말이 절로 나왔다.

"뭐가 이상해?"

어깨너머로 정이 얼굴이 불쑥 들어왔다.

"이거 저번에 안고 들어온 그 운동화지? 누군가 신던 헌 운동화를 네가 갖고 온 거잖아?"

정이는 운동화를 빼앗듯 낚아채 갔다.

"이게 이상하다는 말이지? 흠, 귀신이 붙었을 수도 있지. 원래 헌 물건에는 귀신이 잘 붙는 법이거든. 내가 좀 전에 텔레비전에서 뭘 봤는 줄 아냐? 너 〈한밤중에 털어라〉라는 텔레비전 프로그램 알지? 거기서 보니까 중고 마켓에서 산 온갖 물건에 귀신이 붙어서 따라오더라고. 어떤 사람이 침대 매트리스를 샀는데 완전 새거나 마찬가지였거든. 그런데 그 매트리스에 귀신이 따라온 거지. 밤만 되면 나타나서는 '답 답해, 답답해. 왜 내 몸에 누워 있는 거야?' 이러고 떠드는 거 야. 매트리스를 샀던 사람은 매일 방바닥에서 잘 수밖에 없 었대. 나중에 알고 보니 매트리스의 원래 주인이 교통사고로 죽었대. 매트리스가 너무 아까우니까 귀신이 되어 매트리스 를 따라다니는 거지."

"뭐래? 이 운동화 주인은 멀쩡히 살아 있어. 세탁을 잘못 해서 벌사장이 운동화 값을 물어주기로 하고 버린 운동화라 고. 그래도 찜찜하긴 하네. 어떻게 해야 하나? 당장 버려야 하나?"

"주워 온 물건은 함부로 버려도 안 돼. 인형을 버리면 저 주를 받는다는 말이 있거든. 물론 인형이 아니라 운동화지만 운동화도 그럴 수 있어. 조심해야 해. 그런데 이걸 신고 나서 무슨 일이 일어난 거지? 어떤 일이 있었는데?"

"넌 몰라도 돼."

"몰라도 되긴. 이건 너 혼자만의 문제가 아니야. 이 운동화 는 우리 집 안에 들어왔어. 문제가 생겼다면 우리 가족 모두 의 문제가 된 거지. 그래서 헌 물건은 함부로 집에 들이는 게 아니야. 들고 들어오려면 가족들에게 허락을 받아야 하는 거야. 아, 저번에 네가 운동화를 꼭 껴안고 들어올 때 말렸어야 하는데. 〈한밤중에 털어라〉를 진작 봤으면 말렸을 텐데. 문제가 생겼다면 같이 대책을 세워야 해. 어떻게 이상한대?"

정이 표정이 심각했다.

"막 가려워."

"어디가?"

"발바닥이. 미친 듯이 가려워. 손톱이 부서질 정도로 긁어도 시원하지 않아."

나는 태후가 나타나면 가렵다는 말은 하지 않았다. 아무래도 그건 비밀로 하는 게 좋을 것 같았다. 정이가 휴대폰을 가져와 운동화 속을 비춰 봤다.

"아무것도 없는 거 같은데?"

정이는 이번에는 내 발바닥도 꼼꼼히 살폈다.

"무좀도 아니고…… 되게 찜찜하네. 가려워서 죽은 귀신이 붙은 운동화인가? 당장 버려. 아니다. 함부로 버리면 안 되지. 도로 세탁소에 가져다 놓는 게 가장 좋은 방법인 거 같아. 그건 버리는 게 아니니까. 그리고 있지, 제발 남이 버린 거 주워 오지 마. 네가 거지냐? 어쩌자고 저런 걸 주워 오냐? 당근에 내놔도 눈길도 받지 못하겠다. 눈길은 무슨, 공짜로 준다고 해도 다 사양하겠다."

정이가 한심하다는 눈빛으로 바라봤다.

"모르면 가만있어. 이거 명품이야."

"뭐래? 풋. 명품 꼬라지가 이렇냐?"

"세탁을 잘못해서 그렇다니까."

나는 현관문을 부서져라 닫고 집에서 나와 세탁소로 갔다. 정이 말대로 찜찜했다. 찜찜한 건 바로 해결하는 게 최고다.

세탁소에 거의 도착했을 때 정이에게 문자가 왔다.

> 내가 지금 〈한밤중에 털어라〉 리뷰들도 봤거든.
> 이상한 물건을 갖고 있으면 혼도 뺏긴대.
> 그 운동화 꼭 처리하고 들어와.

벌사장은 옛날 대중가요을 틀어 놓고 흥얼거리며 뭔가를 열심히 하고 있었다. 노랫소리가 얼마나 큰지 밖에까지 쩌렁쩌렁 울렸다. 빗소리에 섞인 노랫소리는 청승맞게 들렸다. 수거함 옆에 슬그머니 운동화를 내려놓으려는데 벌사장이 획 돌아섰다. 벌사장이 밖으로 나왔다.

"뭐 하세요? 노래 틀어 놓고."

벌사장에게 절대 들키고 싶지 않은 모습을 들키는 바람에 나도 모르게 따지듯 말했다.

"뭔 일이냐?"

"제가 먼저 물었는데요."

"참 나 원, 별걸 다 차례를 지키라네. '별'이 '벌'이 된 지 한참 되었거든. 이 비가 그치면 '별'로 원위치 시키려고. 우리 세탁소 이름은 '별세탁소'인데 작대기가 하나 떨어지는 바람에 '벌세탁소'로 불리고 나도 '벌사장'이라고 불리게 된 거지. 노래 틀어 놓고 이걸 만들고 있었다. 비가 그치면 붙여야지."

벌사장은 까만 시트지에 그린 '-' 자 모양을 가위로 오렸다.

"그런데 너는 무슨 일이냐? 알바 시간도 아닌데 무슨 볼 일?"

"운동화 도로 제자리에 놓고 가려고요."

"그래? 그러든가."

벌사장은 시큰둥하니 대꾸했다. 1도 관심 없는 표정이었다.

"그럼 안녕히 계세요."

인사하고 돌아서는 오른발이 허공을 향해 치솟았다. 한쪽 끈이 떨어진 샌들을 신고 왔는데 나머지 끈이 마저 끊어지고 말았다.

"운동화를 당장 버리기는 힘들 거 같구나."

벌사장이 힐끗 쳐다보며 말했다.

"잘 어울리는데 왜 버리려고 하냐? 색이 바랬다고 하는데 남들이 보면 몰라. 내 생각에는 말이다. 그냥 신어도 괜찮을 거 같다. 왜? 자존심 상해서? 그건 자존심 상하는 게 아니야. 모든 사람들이 그런 생각을 한다면 중고 마켓 시장이 그렇게 성장할 수 없는 거지. 내가 못 본 척 눈감아 줄 테니까 그냥 신어."

못 본 척 눈감아 준다는 말에 자존심이 상했다.

"저 그런 일로 자존심 상할 만큼 멘탈 약한 사람 아니거든요. 뭘 알고 말씀하세요. 애한테 귀신이 붙었는지 이상한 일이 일어나서 그러는 거지요. 아무튼 오늘은 신고 갈 수밖에 없겠네요. 집까지 맨발로 갈 수는 없으니까요. 비도 내리는데 맨발로 다니면 사람들이 뭐라고 하겠어요? 미친년이라는 말 듣기 딱 좋지."

나는 '미친년' 소리에 힘을 주었다. 벌사장이 무슨 말인가 하려다 말았다.

"잠깐."

세탁소를 나서는데 벌사장이 불러 세웠다.

"가는 길에 이거 하나만 배달해 주면 안 될까?"

벌사장이 운동화가 들어 있는 봉지와 주소를 내밀었다. 아까 사고 친 것도 있고 해서 순순히 받아 들었다.

운동화을 배달할 집은 언덕길을 한참 올라가 맨 꼭대기에 있는 빌라였다. 거기에다 엘리베이터도 없는 6층 빌라 6층이었다. 숨을 할딱거리며 초인종을 누르자 긴 머리를 카키색과 회색이 뒤섞인 색으로 염색한 여자가 나왔다. 염색을 얼마나 자주 하는지 머리카락이 말도 못 하게 푸석푸석해 보였다.

"그 운동화……."

여자가 내가 신고 있는 운동화를 보며 중얼거렸다. 목소리가 작아서 무슨 말인지 듣지 못했지만 운동화에 대해 알고 있는 것 같았다. 혹시 운동화 주인인가? 그렇다면 벌사장 전화를 받으라고 말해 주어야 하는데. 아니지, 내가 이 운동화의 새로운 주인이 아니라 어쩔 수 없는 상황 때문에 신고 있다는 말부터 해야겠지. 아니면 버린 걸 주워서 신은 아이가 되는 거잖아. 그건 무지하게 자존심 상하는 일인데. 온갖 생각을 다 하며 어정쩡하게 서 있는데 여자가 물었다.

"아직 가렵니?"

"예? 어, 어떻게 아셨어요?"

"누군가 너한테 어떤 제안을 할 거야. 그 제안을 받아들이면 가려운 게 사라져."

"혹시 이 운동화……."

"네가 마음속으로 간절히 원하는 게 있어서 네게로 간 거야. 네가 그 제안을 받아들이면 시작될 거야. 네가 원하는 일이. 그런데 제안을 받아들이고 나면 네가 멈추고 싶어도 멈추지 않을걸? 그때는 딱 하나의 방법밖에 없지. 아, 이게 무슨 냄새지? 아, 탄다, 다 타."

운동화 주인이냐고 물으려는 순간 여자는 내 말을 자르고 자기 말만 한 다음 현관문을 쾅 닫았다.

'뭔 말이야?'

나는 닫힌 현관문을 멍하니 바라봤다.

좀 더 입어 볼까

운동화는 아직도 물이 저벅저벅했다. 정이 운동화도 마찬가지였다.

"건조기 하나 사자고, 건조기. 젖은 운동화를 신고 어떻게 가?"

나는 엄마에게 짜증을 부렸다.

"선이 네가 뭘 몰라서 그런 말 하는 거야. 건조기가 마냥 좋은 줄 알지? 천만에 만만에 콩떡팥떡 같은 소리야. 건조기에 옷을 넣었다가 기막힌 일을 당하는 사람들이 얼마나 많은 줄 아니? 어른 셔츠가 아이 셔츠로 변해서 나오는 일이 허다해. 긴 바지가 반바지가 되기도 하지. 건조기를 쓰는 건 일종의 도박이라고 할 수 있지. 옷을 망칠 수도 있다라는 위험을 갖고 쓰는 거라고."

엄마는 돈이 없어서 건조기를 사지 않는 게 아니라고 했다.

"도박 같은 소리 하고 있네. 하여간 긍정의 끝판왕이야. 엄마, 우리 복권 당첨되어서 집안 사정이 9등급을 벗어나고 갑자기 벼락부자가 되어도 절대로 건조기는 사지 말자. 알았지? 아, 짜증 나."

"9등급은 무슨 소리야?"

"몰라도 돼."

하나하나 일일이 조목조목 설명하고 싶지 않았다.

"우리 집안이 9등급이라는 말이지. 쉽게 말해 집안 사정이 꼴찌라는 말이지."

정이가 끼어들었다.

"어머어머! 우리 집안 사정이 뭐 어때서?"

"내 말이."

엄마 말에 정이가 맞장구쳤다. 엄마와 정이는 성격이 데칼코마니처럼 똑같았다.

"몰라서 물어? 돈이 없잖아? 그깟 건조기 얼마나 한다고. 그것 살 돈도 없잖아?"

"돈 없다고 꼴찌니? 돈은 있다가도 없고 없다가도 있는 거야. 가족이 건강하면 1등이고 1등급이지. 그리고 다시 한번 말하지만 건조기는 돈이 없어서 안 사는 게 아니야. 여태 말했는데도 딴소리야?"

"엄마."

나는 엄마를 똑바로 바라봤다.

"엄마는 아빠 얼굴 하나 보고 사귀자고 달려들었다며? 그게 가장 바보 같은 짓이었다며? 덕분에 지지리 궁상으로 살면서 뭐가 그렇게 맨날 즐거워? 어떻게 하면 그렇게 긍정적으로 살 수 있어?"

"지각이다."

정이가 축축한 운동화를 신고 집에서 뛰어나갔다. 나는 정이와 어느 정도 시간차를 두고 명품 운동화를 신고 나왔다. 정이는 내가 이걸 도로 신고 나온 줄은 꿈에도 모르고 있다. 안다면 아마 난리가 날 거다. 어쩔 수 없는 상황이라서 신고 나오기는 했지만 점점 긴장감이 팽팽해졌다. 지금까지 운동화 상태는 편안하고 안락했다. 하지만 태후를 보면 달라질 수도 있다. 오늘도 태후를 보면 발바닥이 가려울까.

어젯밤에는 당장 버리자고 결심했었다. 그런데 그 여자가 했던 말이 자꾸 떠오르며 생각이 바뀌기 시작했다.

'내가 간절히 원하는 게 있어서 내게로 왔다?'

그 말은 이 운동화가 내가 간절히 원하는 걸 이루게 해 준다는 뜻이었다. 원하는 게 너무 많아서 여자가 말하던 그게 뭔지 모르겠다. 하지만 어떤 것이든 원하는 게 이뤄지면 좋은 거다.

교문이 저만큼 보일 때 뒤에서 시끄러운 웃음소리가 들렸다. 뒤돌아보는 순간 기분이 확 상했다. 저 멀리 태후와 서랑이가 나란히 걸어오고 있었다. 뭐가 그렇게도 좋은지 서랑이 웃음소리가 세상을 깨뜨릴 것처럼 크고 요란했다. 아침부터 재수 없어. 그런데 태후가 보이는데도 발바닥이 멀쩡했다.

'뭐지? 내가 잘못 생각한 건가? 아니면 태후가 나타나더라도 가려울 때도 있고 가렵지 않을 때도 있는 건가? 운동화 멋대로인가? 뭐야.'

이런 게 가장 애매하고 사람 환장하게 만드는 거다. 인터넷에서 보면 이런 일로 속 뒤집어진다는 사연들이 꽤 많다. 자동차나 가전제품이 고장 났는데 수리하러 가면 멀쩡해진다는 거다. 아무 이상 없다는 말을 듣고 집에 오면 또 고장! 어떤 사람은 수입차를 샀는데 한 달도 안 되어 계속 말썽이었다고 했다. 하지만 서비스 센터에 전문가라는 사람은 자동차에 아무 이상이 없다는 말을 앵무새처럼 되뇌었단다. 열불이 날 대로 나서 속이 터진 자동차 주인은 자기가 차를 산 대리점 앞에서 차에 불을 질렀다고 한다. 그래, 그러면 안 되지.

그렇다고 차에 불까지 지르면 절대 안 되지. 하지만 오죽하면, 오죽하면 그랬을까. 가려운 증상도 그런 애매한 거?

자리에 앉아 가방을 정리하는데 갑자기 발바닥이 가렵기 시작했다. 운동화를 벗고 발바닥을 사정없이 긁는데 태후가 옆을 스치고 지나갔다. 태후가 자기 자리인 창가 쪽으로 멀어지자 가려운 게 사라졌다.

'거리?'

나는 벌떡 일어나 태후 자리 가까이 다가갔다. 2미터 정도 거리로 다가가자 발바닥이 가렵기 시작했다. 뒤로 물러나오면 언제 가려웠냐는 듯 감쪽같이 멀쩡했다.

나는 운동화에 박힌 글자를 인터넷에 검색했다. 명품이라고 했는데 아무런 정보도 뜨지 않았다. 몇 번이나 다시 해도 마찬가지였다. 포기하고 인터넷 창을 덮으려는 바로 그 순간 맨 아래에 좁쌀만 한 글씨가 보였다. '간절함…… 운동화', 곧바로 클릭했다. 없는 게시물이라고 떴다.

'오늘 언덕 위 빌라로 그 여자를 만나러 가 볼까?'

여자에게 접근할 이유는 충분했다. 이 운동화의 주인이면 벌사장의 전화를 받든지 세탁소로 당장 찾아가세요, 벌사장이 운동화 값을 물어주려고 애타게 기다리고 있어요, 이렇게 말하면서 슬며시 운동화의 비밀에 대해 물어보면 될 거다.

누군가 나타날 때 발바닥이 가려우면 그 누군가가 간절함과 관련 있는 것인지도 묻고 싶었다.

점심시간에 태후가 밥이 수북한 식판을 들고 내 맞은편에 앉았다. 발바닥이 환장할 정도로 가려웠다. 태후가 웃었다. 설마 나를 보고? 나는 좌우를 살폈다. 아이들은 밥을 먹느라 바빴고 나만 태후와 마주 보고 있었다.

태후가 자꾸만 웃었다.

'쟤가 미쳤나? 왜 자꾸 웃는 거야? 아, 발바닥 가려워. 왜 하필 내 앞에 앉고 난리야?'

참다못해 슬그머니 젓가락으로 발바닥을 긁으려는 찰나 서랑이가 식판을 들고 다가왔다.

"자리 좀 양보해라."

서랑이가 당당하게 말했다. 너무 가려워서 대답할 정신도 없었다. 젓가락으로 긁는 건 간에 기별도 가지 않았다. 나는 자리를 박차고 일어났다.

"야, 장선, 식판 정리는 하고 가야지. 네가 처먹던 거 정리하고 가라고!"

서랑이가 소리쳤다. 돌아볼 정신도 없었다. 복도로 나오자 발바닥은 멀쩡해졌다.

'에이 씨. 왜 하필 내 앞에 앉아가지고 밥도 못 먹게 하는

거야? 그리고 서랑이 쟤는 또 뭐야? 비키라 마라 당당해? 아침부터 재수가 없다 했더니 점심도 굶네.'

점심을 못 먹은 게 한없이 억울하고 분했다.

교실로 돌아와 운동화를 뚫어져라 바라봤다. 아무리 봐도 그저 평범한 운동화였다.

태후와 서랑이가 팔짱을 끼고 교실로 들어왔다. 입술에 뭘 얼마나 발랐는지 서랑이 입술이 기름칠이라도 한 듯 번들거렸다. 서랑이는 태후 턱밑에 얼굴을 들이밀고 입술을 쏙 빼물며 뭐라고 말했다. 입술색이 어떠냐고 묻는 것 같았다. 두 눈 뜨고 볼 수 없는 광경이었다.

"교실에서 저래도 되나? 좀 심한 거 같지 않나?"

율이가 공연히 내 옆으로 다가와 물었다. 나는 들은 체도 하지 않았다.

수업이 끝나자마자 언덕 위에 있는 빌라로 갔다. 초인종을 눌러도 대꾸가 없었다. 빌라에서 내려와 곧장 세탁소로 갔다.

"아직 알바 시간도 아닌데 일찍 왔네?"

벌사장이 책에 코를 박고 있다가 알은체를 했다.

"이 운동화 주인이요. 머리를 카키색과 회색으로 염색한 여자예요? 푸석푸석한 머리가 허리까지 내려와요. 목소리는 좀 걸걸하고요. 키는 좀 큰 편이에요."

"아닌데. 그 운동화 주인은 새까만 단발머리였어. 키는 아담하고 목소리는 또랑또랑했지. 갑자기 그건 왜?"

"아…… 아무것도 아니에요."

그럼 대체 언덕 위 빌라에서 만난 여자는 뭐지? 이 운동화에 대해 분명 아는 눈치였는데.

"그 운동화가 그렇게도 찜찜하면 당장 벗어라. 너한테 잘 어울려서 신었으면 했는데 네가 하도 그러니까 나까지 찜찜해지려고 한다."

벌사장은 세탁소를 휘 둘러보더니 구석으로 가서 검은 운동화 한 켤레를 들고 왔다. 먼지를 있는 대로 뒤집어쓴 운동화였다.

"내 건데 아쉬운 대로 신든가."

"운동화 세탁소 사장 운동화 꼴이 이게 뭐예요?"

"원래 그런 거야. 너, 유명한 짜장면집 사장이라고 해서 짜장면을 되게 잘 먹는다고 생각하지? 아니야, 짜장면을 안 먹는 경우가 더 많지. 그러니까 내 말은 일은 일일 뿐이라는 뜻이지. 알아들었냐? 그런데 너한테 크긴 하겠다. 내가 키에 비해 발이 유독 크거든."

"저, 생각 바뀌었는데요. 당분간 계속 신으려고 생각 중인데요. 그래서 주인에 대해 궁금했고요."

"잘 생각했다. 주인이 도로 달라고 할 사람일까 봐 걱정인 모양인데 그런 걱정 안 해도 된다. 어차피 돈으로 주기로 결정 난 거니까. 자, 명품 운동화 신고 한 바퀴 돌고 와라."

나랑은 등급이 다르거든요

하늘이 한없이 높고 화창했다. 오늘따라 운동화 수거가 비스타혁신 아파트로 몰려 있었다. 운동화 여섯 켤레를 수거해서 들고 아파트 단지를 벗어나는데 낯익은 뒷모습이 눈에 들어왔다. 더 이상 올라갈 수 없을 정도로 최대한 올린 짧은 스커트에 잘록한 허리가 고스란히 드러나는 쫙 달라붙은 티셔츠. 그리고 비율이 끝내 주는 길고 늘씬한 다리.

'서랑이?'

분명 서랑이었다. 서랑이가 돌아봤다. 나를 발견한 서랑이는 좀 놀라는 눈치였다. 서랑이는 머뭇거리다 내게 다가왔다. 뭘 얼마나 발랐는지 얼굴은 뽀얬고 입술은 새빨갰다.

"장선, 너 이 아파트에 살아? 아니지?"

서랑이의 새빨간 입술이 허공에 동동 떠서 말하는 것 같았다. '아니지?', 이 말은 무슨 뜻이람. 대답할 필요가 없었다.

"사람이 뭘 물어보면 대답해야 할 거 아니야? 됐고. 여기 왔다 갔다 하다가 혹시 태후 봤니?"

왔다 갔다 하다가? 내가 할 일 없이 거리를 배회하는 아이라는 뜻인지 뭔지. 그 말에도 대답할 필요가 없을 것 같았다.

"봤냐고!"

서랑이가 미간을 찡그렸다. 떡칠한 화장품이 찡그리는 미간을 따라 뭉쳐 보였다. 역시 대꾸할 필요가 없어서 돌아서려는데 서랑이 눈이 운동화 봉지에 꽂혔다.

"무슨 운동화를 한보따리 들고 있냐……."

서랑이가 중얼거리는 순간이었다.

"학생."

키 큰 여자가 운동화를 흔들며 달려오고 있었다. 좀 전에 운동화를 수거한 집에서 봤던 여자였다.

"가 버렸으면 어쩌나 했는데 만났네. 이것도 세탁해 줘. 급한 거니까 빨리해 달라고 해 줘. 빨리하는 건 세탁비가 좀 비싼가? 비싸도 괜찮아. 모레 꼭 신어야 되는 거라고 벌사장한테 말해 줘."

여자가 운동화를 내가 들고 있던 봉지에 넣었다.

"운동화 세탁소에서 알바 하니?"

서랑이가 물었다.

"말할 줄 몰라? 대답 좀 해. 알바 해?"

"내가 왜 네 말에 꼬박꼬박 대답해야 하는데?"

나는 획 돌아섰다.

"운동화 끌어안고 있는 모습이 딱 어울리네."

서랑이가 내 뒤통수에 대고 말했다. 나는 서랑이를 바라
봤다.

"이마에 그거나 좀 짜라."

서랑이가 손가락으로 내 이마를 찔렀다. 나는 서랑이 손가
락을 뿌리쳤다.

"야, 지적을 해 주면 고맙다고 생각해야지. 이마에 그거,
여드름이라고 생각하지? 여드름 아니야. 지방이야. 지방이
차고 넘쳐서 얼굴까지 점령했는데 그냥 두냐? 그냥 두면 옆
으로도 막 새끼 칠걸."

너는 내가 웃기냐고, 나를 무시해도 된다고 생각하느냐고
따지고 싶었다. 하지만 참았다.

"그런데 태후를 어디 가서 찾지?"

서랑이는 주변을 두리번거렸다. 휴대폰은 뒀다 뭐에 쓰
려고.

"아, 장선. 태후네 집이 어딘지 아니? 태후도 운동화를 세탁소에 맡긴다던데 네가 알바 하는 세탁소에 맡기지 않아? 이 아파트 사람들이 자주 이용하는 세탁소인가 본데, 태후네 집이 어디니?"

서랑이는 내가 태후 집을 알고 있다고 단정짓고 물었다.

네가 나라면 친절하게 그걸 알려 주겠냐, 나는 자존심도 없는 줄 아냐, 말하고 싶은데 그것도 참았다.

"어? 별이 되었네?"

벌세탁소 건너편에 섰을 때 세탁소 간판이 눈에 쏙 들어왔다. 벌이 별이 되어 있었다. 하지만 어설펐다. 멀리서 봐도 시트지였다. 눈에 띄게 볼품없었다.

"이건 순전히 제 생각인데요, 돈이 좀 들더라도 간판집에서 제대로 만들어서 붙이는 게 어때요? 없어 보여요."

나는 벌사장에게 진심으로 말했다.

"무슨 뜻인지는 아시죠? 되게 돈이 없어 보이고 궁상맞아 보인다고요. 구멍 뚫린 옷에 전혀 다른 색의 천으로 구멍을 메운 거 같아요. 제대로 하지 않을 바에는 차라리 벌로 두는 게 나아요."

"그래?"

벌사장이 밖으로 나가 오랫동안 간판을 바라봤다. 무슨 생각을 하는지 알 수 없었지만 표정이 엄청나게 진지했다.

"상관없다. 시트지를 붙였든 간판집에서 제대로 만들어 붙였든 별은 별이야. 그게 중요한 거지."

잠시 후 벌사장이 말했다.

수거해 온 운동화를 바구니에 넣으려는데 바구니 안에 어디서 많이 보던 운동화가 있었다. 태후 운동화와 같다는 걸 한눈에 알아봤다.

"이거?"

나는 벌사장을 바라봤다.

"오호, 너도 이제 이 일에 전문적인 눈이 생기는 모양이다. 고작 한 달 좀 넘는 시간에 그런 눈썰미가 생기다니 대단한 능력이다. 네가 배달해 준 운동화지? 허허허. 맞다, 맞아, 혹시 어느 집에 배달했었는지도 기억나니?"

"비스타혁신 202동."

"이야, 너 내 후계자 해라."

벌사장이 눈을 동그랗게 떴다. 후계자는 무슨.

"이 운동화가 왜 여기에 있어요? 세탁해서 간 지 얼마나 되었다고?"

"그러게, 별로 더럽지도 않은데 맡기러 왔더라고. 아, 맞

다. 그 아이가 알바생을 찾더라고. 너하고 친구인 거 같던
데?"

친구는 무슨.

"저를 왜 찾아요?"

"그거야 나도 모르지. 걔는 볼 때마다 느끼는 건데 아주 서
글서글 친절하더라고. 인사성도 바르고 공손하고 키도 크고
잘생기고."

"잠깐 보고 그 아이에 대해 다 아는 거처럼 말하네요?"

"그런 아이가 아니라는 뜻이냐?"

나도 태후가 그런 아이인 줄 알았다. 벌사장이 말한 것에
하나 더해서 겸손함까지 갖춘 아이인 줄 알았다. 그런데 서
랑이랑 사귀는 걸 보면 아니다.

"저는 잘 몰라요. 제가 아이들과 별로 친하게 지내지 않거
든요. 학교에서는 말도 잘 안 해요."

"왜에?"

"그냥요."

"내가 사람 보는 눈은 있거든. 괜찮은 아이야. 그런 아들
하나 있으면 든든하니 딱 좋을 텐데. 친구처럼 지내는 아들!
멋지지 않니? 여태 싱글로 살면서 결혼해서 사는 친구들을
부러워해 본 적 없는데 말이다. 아까 그 생각이 문득 들더라

고."

"사람 볼 때 외모 보는 거 아니라고 침 튀겨 가며 열변을 토하실 때는 언제고요?"

"그 아이 외모를 말하는 게 아니야. 친절하고 인사성 밝고 공손하고 예의 바른 아이라는 걸 칭찬하는 거지."

키 크고 잘생겼다고 말하는 거 분명히 들었는데. 따지고 싶었지만 그만두었다.

"그런데 돌싱이셨어요?"

나는 시큰둥하니 물었다.

"돌싱이라니. 여태 결혼이라는 건 단 한 번도 해 본 적 없는 싱글이다."

벌사장 나이를 알 수 없지만 오십은 넘어 보였다. 어쩌다 그 나이가 되도록 결혼이라는 걸 단 한 번도 해 본 적이 없느냐고 물어보려다 말았다. 요즘 오십 넘어 싱글인 사람이 차고 넘쳐 즐비하다고 나라에서도 걱정한다. 결혼을 해야 저출생 문제가 해결되는데 다들 결혼을 안 한다고 말이다.

"같은 반이냐?"

"예."

"둘이 친해?"

"저는 학교에서는 별로 말 안 해요. 좀 전에 말했잖아요."

"괜찮은 아이던데 친하게 지내지 그러냐? 내가 사람 보는 눈이 좀 있다니까."

태후는 벌사장에게 대체 무슨 짓을 했기에 저렇게 태후한테 퐁당 빠졌을까.

"태후랑 저랑은 등급이 달라요."

나는 벌사장 말을 그만 끊고 싶었다.

"성적 차이가 많이 나나 보구나. 하지만 사람과의 관계가 성적으로만 정해지고 이어지는 게 아니야."

"성적뿐 아니라 모든 게 다 등급이 달라요."

대충 알아들었으면 그만 하지 일일이 설명하게 만든다. 태후 얘기를 하다 보니 서랑이가 떠올랐고 서랑이가 떠오르자 짜증이 밀려왔다. 나는 더 이상 말하고 싶지 않아 마른 걸레를 들고 탁자를 닦고 운동화를 넣은 봉지도 정리했다.

"소고기냐? 뭔 등급으로 나눠?"

벌사장이 중얼거렸다.

"소고기요? 나보고 지금 소고기라고 말하는 거예요. 그거 되게 예민한 말인 거 알죠? 내가 기분 나쁘다고 신고하면 사장님 잡혀가요. 아, 기분 나빠."

서랑이에 대한 짜증이 벌사장에게 튀었다. 벌사장은 상당히 놀란 모양이었다. 무슨 일이 있어도 크게 동요하지 않는 표정이 마구 흔들렸다. 작은 눈은 한없이 커졌다. 벌사장은 두 손을 마구 휘저었다. 심하다 싶을 정도의 반응이었다.

"야, 너, 무슨 말을 그렇게 만들어 내냐?"

"만들기는 누가 만들어요? 사장님이 지금 그랬잖아요?"

"내 말은 네가 소고…… 아니지, 그게 아니고, 그러니까 내 말은…… 내가 오늘 점심에 하필이면 소불고기를 먹어 가지고는 등급이라는 말을 듣는 순간 그 소고기가 떠올라서 나도 모르게. 내가 한우 A++ 최고 등급을 살까 하다가 너무 비싸서 싼 걸 샀거든. 내 말은 그러니까 사람은 다 똑같은 사람이라는 뜻이야. 왜 사람을 등급을 매기냐, 그건 아니다, 이런 뜻이라고. 아이고, 더워. 아이고, 더워. 말 한마디 잘못해서 인생 골로 간 친구가 있는데 조심해야지, 조심해야지 늘 생각은 하는데 이런 실수를 하게 되네. 잊어라, 잊어. 내 말뜻은 그게 아니었으니까."

벌사장이 에어컨을 켰다. 살인적인 더위가 기승을 부리던 한여름에도 틀지 않던 에어컨이었다.

쩔쩔매는 벌사장을 보니까 약간 미안했다. 말 한마디로 인생 골로 간 친구 때문에 트라우마가 상당한 모양이었다.

"제 말은요. 태후는 외모, 성적, 집안 사정, 성격 다 1등급인데 저는 외모, 성적, 그리고 집안 사정 모두가 다 9등급이라는 말이에요. 태후랑 저랑은 등급이 달라요. 어떤 애가 저 보고 9등급이라고 했거든요."

미안한 마음 때문에 굳이 하지 않아도 될 말을 탈탈 털었다.

"그런 애랑은 놀지 마라."

그런 애랑 놀지 말라니. 중3은 누가 놀라고 해서 놀고 놀지 말라고 해서 노는 그런 나이가 아니다.

"너무 당황해하지 마세요. 소고기 얘기는 안 들은 걸로 할게요."

"고맙다."

벌사장이 숨을 깊게 들이마셨다가 천천히 내뱉었다.

우리 사귈래?

태후가 교실로 들어서자 어디선가 서랑이가 나타나서 태후에게 돌진했다.

"태후야. 생일 선물 마음에 들었지? 서프라이즈! 깜짝 이벤트 대박이었지? 완전 감동 받아서 어젯밤에 잠도 제대로 못 잤지? 내가 너를 만나려고 얼마나 고생했는 줄 알아? 서프라이즈라서 너한테 전화도 못 하고 말이야. 제대로 감동 받았지? 그치?"

서랑이가 태후 팔에 매달려 코맹맹이 소리를 했다. 당장 달려가 콧속을 마구 후벼파 주고 싶은 충동이 일었다.

"아, 시끄러워. 사귀는 사이에 감동 받았다고 말 좀 얼른 해 줘라. 그 말 한다고 해서 큰일 나는 것도 아니고. 그리고 교실에서 지켜야 할 공중도덕은 좀 지켜 줘라. 너네 둘만의 공간이 아니잖아? 도저히 더는 못 참겠다. 이건 뭐 공부 좀 하려고 해도 시끄러워서 집중을 할 수가 없어."

수진이가 펜을 책상 위에 탁 소리 나게 내려놓으며 짜증을 냈다.

"무슨 공부를 얼마나 한다고. 다른 아이들은 아무 말도 안 하는데 혼자 유난 떨고 있어. 교실에서 내 마음대로 말도 못 해? 교실이 수진이 네 거야? 그리고 포도젤리 받아먹었잖아. 그거 받아먹었으면 이 정도는 이해해 주어야 하는 거 아니야?"

서랑이가 포도젤리까지 언급했다. 유치찬란했다. 생각하는 수준이 그야말로 초딩 저학년 수준이다. 태후가 서랑이 옆구리를 찔렀다. 그러지 말라는 뜻인 것 같은데 서랑이는 더 의기양양한 표정으로 턱을 치켜들었다. 수진이가 가방을 뒤적이더니 조용히 일어나 서랑이에게 다가갔다. 그러고는 포도젤리를 서랑이 손에 쥐여 주었다.

"이거 안 먹었으니까 유난 떨어도 괜찮지? 교실에서 빽빽 소리 좀 지르지 마. 그리고 너, 비염 있니? 비염 있으면 병원에 가 봐. 내가 다 답답해."

수진이는 천천히 또박또박 말한 다음 자기 자리로 돌아가

책에 코를 박았다.

사이다였다. 속이 뻥 뚫렸다. 서랑이가 수진이를 향해 입을 삐죽거리며 자리로 돌아갔다.

수업이 끝나고 가방을 챙기고 있는데 태후가 다가왔다. 정신을 차릴 수 없을 정도로 발바닥이 가려웠다.

"내 운동화 벌세탁소에 맡겼는데 언제쯤 배달해 줄 수 있어?"

그걸 왜 학교에서 묻는담.

"내일쯤."

"오늘 안 돼?"

발바닥이 미치도록 가려웠다. 나는 재빨리 가방을 들었다.

"오늘 돼?"

태후가 자꾸 물었다.

"응."

나는 교실에서 뛰어나왔다.

"애가 공과 사 구별을 못 해요, 구별을. 학교가 세탁소냐?"

나는 발바닥이 멀쩡해지고 나서야 뒤돌아봤다.

"그런데 진짜 가려워서 못 살겠네. 알바비 받은 걸로 새 운동화 하나 사 신어도 되는데 그냥 사 신어?"

나는 생각하다 곧 고개를 저었다. 빌라에 사는 여자가 그

저 헛소리를 한 것 같지는 않았다.

'도대체 이 운동화의 정체는 뭐지?'

정이 말대로 발바닥이 가려워서 죽은 귀신이라도 붙었나?

"아직 알바 시간도 아닌데 어쩐 일이냐?"

세탁소 문을 열자 뭘 하고 있었는지 벌사장이 화들짝 놀라며 물었다.

"뭐 하다가 그렇게 놀라요? 요상한 짓이라도 했어요?"

"요 요 요상한 짓이라니. 너야말로 왜 벌써 오나?"

벌사장 얼굴이 좀 이상했다. 아니 좀 이상한 게 아니라 확실히 이상했다. 그러고 보니 얼굴 여기저기 테이프가 잔뜩 붙어 있었다.

"점 뺐어요? 헐, 거울도 샀어요?"

탁자 위에 못 보던 거울이 놓여 있었다. 거울을 둘러싼 장식이 요란스러웠다. 벌사장과는 전혀 어울리지 않는 애니메이션 속의 공주들이 보는 거울 같았다. 나도 모르게 웃음이 났다.

"왜 웃냐?"

"점은 왜 뺐어요?"

"으응. 아주 성가셔서 말이야."

"뭐가요? 점이요? 잘생겨지려고 뺀 거 아니고요? 점 하나

뺀다고 잘생겨지면 이 세상에 못생긴 사람은 하나도 없게 요?"

"너, 학교에서는 말도 잘 안 한다면서? 세탁소만 오면 말 문이 열리냐? 너, 은근히 사람 약 올리는 재주 있어. 알고 있 냐? 아, 됐고. 왜 이렇게 일찍 왔냐? 일에 아주 취미가 붙은 모양이다. 운동화 세탁소에서 일하는 게 네 적성에 딱 맞는 거야?"

적성은 무슨. 저번에는 후계자니 어쩌니 하더니.

"넘겨짚지 마세요. 직원 돌아오면 칼같이 그만둘 테니까. 태후가 운동화 좀 빨리 가져다 달라고 해서 일찍 온 거예요. 오늘 배달해 주겠다고 엉겁결에 약속했어요."

"태후? 태후가 누구더라? 아하, 비스타혁신? 일찍 배달해 달래? 아주 눈부시게 세탁해 놨지."

벌사장이 태후 운동화를 봉지에 넣어 내밀었다.

태후네 집 초인종을 누르자마자 발바닥이 가렵기 시작했 다. 태후가 현관문을 열었다. 나는 운동화를 건네고 재빨리 돌아섰다.

"장선, 지금 바빠? 컵라면 먹을래? 편의점 가려던 참인데 혼자 먹는 것보다 같이 먹으면 더 맛있잖아. 가자."

태후가 웃었다. 가려워서 환장할 지경인데 뭔 컵라면? 나는 고개를 저었다.

"할 말이 있어서 그래."

너랑 나랑 할 말이 뭐가 있냐? 나는 또 고개를 저었다. 태후가 갑자기 내 손목을 잡아끌었다. 나는 태후에게 질질 끌려 편의점으로 갔다.

"빨리 말해. 나 지금 무지하게 바빠."

나는 편의점에 들어가자마자 재촉했다. 태후는 천천히 컵라면 비닐을 뜯고 아주 천천히 뜨거운 물을 부었다. 라면이 익는 시간 3분은 길고 길었다. 발바닥을 긁을 수도 없고 긁지 않을 수도 없었다.

"알바는 재미있어?"

태후가 물었다.

"알바가 무슨 취미생활인 줄 아냐?"

"그런데 알바 할 시간이 되나 보네? 공부하려면 바쁘잖아."

얘가 나를 엿 먹이려고 이러는 거구나. 내내, 줄곧, 주야장천, 나와 같은 반이었으니 내 성적 정도는 알고 있을 거다. 2학년 때는 문제풀이 시키는 수학 샘 때문에 몇 번이나 망신당한 적도 있는 나였으니까. 그런데 같이 컵라면 먹자고 끌어다 앉혀 놓고 공부하려면 바쁘잖아? 나는 컵라면을 단숨에 흡입하고는 일어났다.

"잠깐. 할 말 있다고 했잖아."

태후가 내 손목을 잡았다.

"할 말 있으면 빨리하라고. 제발 좀 빨리! 빨리!"

"응? 으응, 장선. 우리 사귀자."

"뭐?"

"나랑 사귀자."

나는 태후 손을 뿌리쳤다.

"그 소문 때문에 나를 놀리고 싶은 모양인데 내가 아니라고 말했잖아. 확실한 증거가 없어서 이런 말은 하지 않으려고 했는데 그 소문 서랑이가 낸 거야."

"소문 때문에 그러는 거 아니야. 네가 좋아. 갑자기 이런 마음이 생겨서 나도 당황스러워. 너랑 사귀고 싶어."

대체 왜 이러는지 이유를 대라고 말하고 싶었지만 지금 구구절절 말할 상황이 아니었다.

"싫어."

나는 잘라 말했다.

"왜?"

태후 눈이 휘둥그레졌다.

"사귀는 건 서로 좋아해야 가능한 거 아니냐? 다시 한번 말하지만 나는 너 안 좋아해. 라면 잘 먹었다."

나는 편의점에서 나와 버렸다.

"아악, 가려워서 미치는 줄 알았네. 진짜 웃기네. 왜? 왜는 무슨 왜야? 그럼 사귀자고 하면 아이고 고맙다, 이러고서 덥석 물 줄 알았나 봐. 아주 여자아이들 모두를 싸잡아 무시하고 있어. 미친놈."

나도 모르게 욕이 나왔다.

"미친놈."

나는 세탁소에 들어서며 또 욕을 했다.

"나보고 하는 말이냐?"

벌사장 눈이 커졌다. 나는 정신이 번쩍 들었다.

"지금 분명 미친놈이라고 했잖아? 저번에 내가 미친년이라고 한마디 했다고 복수하는 거냐? 그건 너한테 한 말이 아니잖아? 그럴 경우 그런 말을 듣는다는 뜻이었지. 너 은근히 뒤끝 있다. 그래도 그렇지 어른한테 미친놈이 뭐냐? 내가 그런 말을 들을 정도로 인생을 개차반으로 살았는지 참으로 개탄스럽다. 나는 그래도 인생 참 잘 살고 있다고 여기는 사람이거든."

벌사장은 진심으로 화나 보였다.

"그게 아니에요. 사장님한테 한 말이 아니라고요. 태후한테 한 말이에요. 비스타혁신 우리 반 아이 있잖아요. 걔한테 한 말이라고요."

"그 아이가 왜 미친놈이야? 비가 쏟아지는 날 맨발로 거리를 날뛰고 다닌 것은 아닐 테고."

"나보고 사귀재요."

굳이 비밀로 할 말도 아니었다.

"사귀재? 그래서 뭐라고 했어?"

"싫다고 했어요."

"왜?"

"왜라니요? 사장님. 사장님은 그 아이를 얼마나 안다고 그렇게도 칭찬을 해요? 태후는 서랑이라는 아이와 사귀는 중이에요. 사귀는 중에 저보고도 사귀자고 말한 거라고요. 그러니까 바람둥이다 이 말이지요. 사장님은 사람을 잘 못 본 거예요. 사람 볼 줄 안다고 했지만 헛다리 짚은 거지요."

"그 아이가 바람둥이였어? 아이고야, 보기에는 그렇게 보이지 않던데. 완전 실망인데. 셋이든 열이든 한꺼번에 사귀고 싶어 하는 인간들이 바람둥이지. 아주 나쁜 인간들이라고 할 수 있지. 다른 이의 진심 어린 마음을 장난감처럼 여기는 인간들. 그런 인간들은 애초에 진심이라는 게 없어. 나는 진심 없이 사람을 대하는 그따위 인간들이 제일 싫어."

벌사장 목에 핏줄이 팍팍 섰다. 과하다 싶을 정도의 반응이었다.

"사장님, 혹시 당한 적 있어요?"

"무슨 말이냐?"

"바람둥이한테 당한 적 있느냐고요."

그렇지 않고서야 저 정도의 반응이 나올 수는 없다.

"그런 적 없다."

벌사장이 얼굴을 문질렀다. 점을 뺀 부분도 싹싹 문질렀다.

"거길 그렇게 문지르면 어떻게 해요? 그런데요, 진짜 궁금해서 그러는데요. 점은 왜 뺐어요? 외모가 중요한 거 아니라면서요? 그런데 점을 빼셨네요. 한두 개도 아니고 얼핏 봐도 열 개는 넘겠네요."

"성가셔서 그랬다니까."

점이 뭐가 성가시담. 점이 있다고 해서 아프거나 가렵지도 않은데 말이다. 벌사장은 다시는 점 얘기를 하지 말라고 했다.

눈에는 보이지 않는 게릴

나는 내 눈을 의심했다. 우리 빌라 입구에서 정이와 마주 보고 서 있는 아이는 서랑이가 분명했다. 나는 아이들에게 우리 집을 알려 준 적이 없다. 그때 고개를 돌리던 정이가 나를 발견했다.

"빨리 와 봐."

정이가 손을 마구마구 까불었다.

"잘 봐. 얘가 선이고 내가 정이야."

정이가 말하는 순간 서랑이는 당황해했다.

"그럼 진작 말해 주었어야지."

서랑이가 정이를 쏘아봤다.

"네가 말할 시간이나 줬냐? 내가 나타나자마자 붙잡고 1초도 쉬지 않고 너 혼자 말했잖아? 나는 몇 번이나 선이가 아니라고 말하려고 했었다고."

"재수 없어."

서랑이가 얼굴이 빨개져 돌아서서 가 버렸다.

"완전 어이없음."

정이가 서랑이의 뒷모습을 보며 중얼거렸다.

"무슨 일이야? 서랑이가 왜 여기에 나타났어? 나 만나려고 온 거 같긴 한데 나는 재한테 우리 집 알려 준 적 없고 재랑 할 말도 없거든."

정이가 무슨 말인가 하려는 바로 그 순간 서랑이가 되돌아봤다.

"장선, 나 좀 보자."

서랑이가 성큼성큼 걸어오더니 정이 손목을 잡았다.

"너 참 눈썰미 없다. 저쪽이 선이야."

정이가 끼득거리고 웃었다.

"뭐 이렇게 똑같이 생겼담. 장선, 나 좀 봐."

서랑이가 내 손목을 잡았다. 나는 서랑이 손을 뿌리쳤다. 언제부터 우리가 만나면 손목 잡는 사이였다고.

"쌍둥이라 똑같은 거지. 그것도 몰랐냐? 선아, 빨리 들어와. 오늘 우리 파티 한다. 엄마가 일찍 와서 지금 국수 삶을

거거든. 아빠도 들어오는 중이래. 늦게 오면 국수 불어터진
다."

정이는 나와 서랑이를 번갈아 보며 돌아섰다.

"국수 삶는 게 무슨 파티야?"

서랑이가 입을 삐죽이며 중얼거렸다.

"우리 집은 원래 국수로 파티 해."

정이가 용케 그걸 알아듣고 소리쳤다.

"이런 곳에 살고 있는 줄은 몰랐네?"

서랑이가 빌라를 휙 둘러봤다.

"왜 왔는데?"

나는 빌라를 바라보는 서랑이 눈빛에 기분이 상했다.

"너, 좀 전에 태후 만났지?"

속으로 좀 놀랐다. 그걸 어떻게 알았지.

"왜 만났어?"

질문을 봐서는 내가 태후를 만난 걸 직접 본 건 아닌 것 같
았다. 직접 봤다면 운동화 봉지를 들고 있는 태후 집에 간 것
도 봤을 테고 그럼 운동화 배달이라는 것도 알았을 테니까.

"그걸 왜 나한테 물어? 태후한테 물어봐."

나는 서랑이를 이해할 수가 없었다. 내가 서랑이라면 태후
한테 물어봤을 거다.

"왜 만났냐고!"

서랑이가 다시 물었다. 대답하고 싶지도 않았고 대답할 필요도 없었다. 나는 뒤돌아섰다. 서랑이가 내 어깨를 거세게 잡았다.

"태후 앞에 알짱거리면서 꼬리 치는 중이지? 태후 관심 받으려고 계속 살랑살랑 꼬리 치는 거 맞잖아?"

듣기만 해도 얼굴이 뜨거워지고 손가락 발가락이 오글거리는 말이었다. 나는 서랑이를 쏘아봤다.

"나는 태후한테 관심 없어. 저번에도 분명히 말했잖아."

"그런데 왜 나 모르게 태후를 만나느냐고!"

"운동화 배달하려고 갔었다, 왜!"

태후가 컵라면을 먹자고 해서 먹었다는 말은 하지 않았다.

"운동화 배달을 편의점에서 하냐? 율이가 너랑 태후랑 편의점에서 나오는 거 봤다더라. 여우같이 꼬리나 치고. 나는 태후 앞에서 누군가 그러는 거 싫어. 태후는 나한테 집중해야 해. 경고하는데 태후 앞에 나타나지 마. 장선, 네 주제를 좀 파악해."

그때였다.

"선아, 우리 선이. 멀리서 봐도 딱 우리 선이. 아무리 멀리서 봐도 선이인지 정이인지 아빠는 다 알지."

저만큼 아빠가 나타났다. 아빠를 보는 순간 놀라서 심장이 멈추는 듯했다. 아빠 머리카락이 빨갰다. 거기에다 파마까지 했다. 커다란 빨간색 바구니를 쓴 것 같았다.

"여기서 뭐 해? 친구?"

"엄마가 보면 기절하겠네."

나는 나도 모르게 이렇게 말하다 서랑이 눈치를 봤다. 아빠는 하필이면 이럴 때 나타날 게 뭐람. 평소에 아빠를 부끄러워하는 나는 절대 아니다. 하지만 지금 상황이 상황인 만큼 빨간색으로 머리 염색을 한 아빠를 서랑이에게 보여 주고 싶지는 않았다.

"친구 아니에요. 같은 반이에요."

서랑이가 찬바람이 쌔앵 부는 목소리로 말했다.

"같은 반이면 친구 아닌가?"

"같은 반이라고 해서 다 친구는 아니에요."

서랑이는 기분이 상당히 나쁘다는 표정으로 말하며 아빠 머리를 힐끗 보고는 살짝 인상을 썼다.

"그래? 친구의 정의가 그새 그렇게 바뀌었나? 내가 학교 다닐 때는 같은 반이면 다 싸잡아서 친구라고 했거든. 친구든 친구가 아니든 우리 집까지 왔는데 들어가지 그러니? 그렇지 않아도 국수 삶는다는데 한 그릇 먹고 가."

"저는 아무 데서나 뭘 먹지 않아요. 먹는 것도 가려 먹는 편이고요."

서랑이 말에 기분이 엄청나게 나빴다.

"아빠. 우리 먹을 국수도 부족해."

나는 아빠 팔을 잡아끌고 집으로 들어왔다.

현관문을 열자마자 매콤하고 새콤한 냄새가 진동했다. 비빔국수 파티가 열리고 있었다.

"선이 너 태후랑 만나냐? 아까 서랑이가 나를 보자마자 입에 거품을 물고 따지던데? 왜 태후한테 꼬리 치느냐고? 선이너 태후한테 꼬리 쳐? 너 절대로 태후 좋아하지 않는다고 그랬잖아? 안 믿어 준다고 나를 잡아먹으려고 했잖아?"

"꼬오리이이? 우리 선이가?"

아빠와 엄마가 동시에 말하며 나를 바라봤다.

"아니야."

나는 놀라서 손을 내저었다.

"그렇지? 아니지?"

"그으럼, 아니겠지. 조금 전 그 아이 이름이 서랑이냐? 애가 말하는 게 좀 싸가지가 없더라고. 친구가 아니더라도 말이다. 같은 반이잖아, 그러면 어른이 친구냐고 물어보면 그냥 그렇다고 말하면 그만이지 턱을 있는 대로 치켜세우고 친구 아닌데요, 이러고 대들 일이냐? 꼬리 치는 게 뭐냐? 내가 어렸을 때도 그런 말은 이미 들어가고 없는 구시대적인 발상의 말이었다. 어이그, 오글거려. 우리 선이가 태후라는 아이를 좋아한다면 당당하게 말했겠지, 그걸 꼬리 친다고 그 아이는 표현한 거고. 선아, 누군가를 좋아할 때는 당당하게 좋아해. 아빠랑 엄마는 그랬어."

"나는 태후한테 관심도 없는데 서랑이 혼자 저 지랄하는 거야."

"그래? 그럼 지랄하게 내버려두고 어서 비빔국수 먹어. 다 불어터진다."

엄마가 국수를 가득 담아 주었다.

"아까 서랑이가 이런 곳에 사람이 사나, 이러고 중얼거리면서 우리 빌라를 쓰윽 훑어보더라고. 야, 내가 웬만해서는 그냥 넘어가려고 했는데 서랑이가 너를 좀 무시하는 거 같아. 그런 애는 한번쯤 확 들이댈 필요가 있어."

정이가 말하는 걸 보니 서랑이가 무지하게 열받게 만든 게 확실했다.

"어머, 여기가 뭐 어때서? 높아서 공기 좋고 낮은 집들만 있으니 일조량 풍부하고 얼마나 좋은데? 고층 아파트에 사는 거나 여기에 사는 거나 뭐가 달라? 똑같이 높은 덴데. 따지고 보면 여기가 훨씬 좋지. 고층 아파트는 시멘트 꼭대기에 올라가 있는 거잖아? 생각만 해도 끔찍하지 않니? 그리고 우리 선이가 누가 무시한다고 해서 무시당할 아이니?"

엄마는 국수를 입에 가득 넣었다. 서랑이가 했다는 말에 전혀 동요되지 않았다. 초긍정인 엄마는 모른다. 내가 얼마나 기죽어 사는지. 집에서 성질부린다고 밖에 나가서도 그러는 거 아니다. 밖은 정글이다. 대놓고 말하는 이는 없지만 일단 성적으로 계급이 나뉜다. 성적 외에도 여러 가지로 눈에 보이지 않는 계급을 만든다. 계급이 낮은 아이들은 달팽이가 껍질 속으로 몸을 숨기듯 스스로를 감춘다.

국수를 먹다 보니 은근히 부아가 치밀었다. 서랑이 제가 뭔데 우리 집까지 찾아와서 꼬리니 뭐니 말도 안 되는 소리에 이런 곳에 사니 어쩌니 그런 말을 하고 간담. 아빠의 머리를 바라보던 서랑이 눈이 떠올랐다. 분명 아빠를 무시하는 눈빛이었다. 가슴 저 깊은 곳에서 뭔가가 몽글몽글 피어올랐다. 분노 같기도 하고 슬픔 같기도 했다. 서랑이가 9등급이니 어쩌니 하면서 나를 무시하는 건 참을 수 있다. 나는 내 스스로를 잘 알고 있고 서랑이 말처럼 외모, 성적 다 볼품없다는 거 인정하니까. 서랑이가 미워도 속으로만 삭혔다. 속으로는 서랑이가 망했으면 좋겠다고 생각한 적 많지만 서랑이를 망

하게 하기 위해 행동해 본 적은 없다. 서랑이도 아빠에 대해
모른다. 빨간색으로 머리 염색을 했다고 해서 무시해서는 안
된다. 이런 곳에 살고 있다고 해서 무시당해서도 안 된다.

'오서랑.'

나는 국수를 씹던 이에 힘을 주었다. 눈물이 왈칵 쏟아졌다.

"이게 뭐예요?"

나는 벌사장이 내민 봉투를 받아 들며 물었다. 아직 알바가 끝난 것도 아니고 그렇다고 해서 보너스 같은 걸 줄 벌사장도 아니다.

"연극 티켓. 그거 되게 비싼 거야. 같이 보러 갈 친구 있으면 같이 가서 보라고."

"되게 비싼 걸 왜 나한테 줘요? 사장님이 보러 가지."

사실 연극 같은 거 취미도 없지만 그런 걸 보러 갈 정도의 마음의 여유도 없었다. 또 같이 연극을 보러 갈 친구도 없었다.

"난 같이 보러 갈 사람이 없거든. 청승맞게 혼자 갈 수는 없지 않냐? 아, 진짜 마음에 안 들어. 선물을 하려면 선물 받을 사람 취향을 고려해야지, 주는 사람 취향대로 하는 답답한 인간 같으니라고."

"누가요?"

"그런 인간 있다. 친구랑 같이 가. 그거 청소년 사이에서 되게 핫한 연극인 거 같던데? 주인공이 첫사랑을 찾아 수십 년 전으로 돌아가는 내용인데 이렇게 들으면 진부하기 짝이 없지? 그런데 직접 보면 울지 않고는 견딜 수 없을 정도로 가슴을 말랑말랑하게 만든다더라. 아, 비스타혁신, 그 아이랑 가지 그러냐? 아 참, 그 아이, 바람둥이라고 했지. 누구 같이 갈 사람 없냐?"

그때 서랑이 얼굴이 떠올랐다. 주먹이 쥐어졌다.

"태후랑 갈게요. 바람둥이면 어때요. 사귀는 게 아니면 상관없지요. 그런데 태후 전화번호를 몰라요. 사장님 좀 알려 주면 안 돼요? 고객 정보 다 갖고 있잖아요?"

"같은 반인데 전화번호도 몰라? 단톡방 같은 거 없어? 고객의 개인정보는 함부로 흘리는 게 아닌데."

벌사장이 망설였다. 고객과의 신뢰와 신의를 가장 소중하게 생각하는 벌사장이었다. 고객의 개인정보 또한 자신의 정보처럼 생각할 거다.

"내가 고객의 개인정보를 함부로 줄 수는 없고 좀 있다 비스타혁신에 운동화 수거하러 가면서 잠깐 들렀다 와. 그거 내일 꼭 가야 해. 그 티켓 내일까지거든. 그 인간이 그래. 먹을 것도 미리 주면 참 좋을 텐데 유효기간 끝나기 직전에 주거든. 막판까지 아까워서 바들바들 떨다가 쓰레기통에 던지기 직전이나 되어야 주는 거지."

"대체 누가요?"

"있다, 그런 인간. 나를 이용해서 돈 벌어 먹으려고 눈이 벌게진 인간. 너하고는 전혀 상관없는 인간이니까 신경 끄고…… 아니다, 상관이 있을 수도 있겠다. 아무튼 상관이 있을 때 있더라도 지금은 신경 끄고 내일 꼭 가라. 내일 안 가면 그 티켓 버려야 해."

벌사장이 횡설수설했다. 벌사장을 이용해서 돈 벌어 먹으려고 눈이 벌게진 인간과 내가 무슨 상관이 있다고.

"전화번호 좀 알려주세요. 저는 얼마 전에 일이 있어서 우리 반 단톡방을 뛰쳐나왔거든요. 걔가 집에 있는지 없는지도 모르면서 무턱대고 찾아갈 수는 없잖아요. 잘못하다가는 그 비싼 티켓을 버리게 되는 상황이 발생할 수도 있겠는데요."

나는 좀 더 부드러운 말투로 말했다.

"뛰쳐나왔어? 가만있어 보자. 너랑 비스타혁신 아이는 같은 반이잖냐? 너는 친구가 아니라고 하지만 그래도 같은 반이니까 전화번호 정도는 공유해도 되지 않을까. 그래, 그래도 되겠다. 사람이 세상을 너무 팍팍하게 살아도 못 써."

벌사장이 컴퓨터를 켰다. 고객들의 주소와 전화번호가 주르륵 떴다. 벌사장은 태후 전화번호를 알려주었다.

> 나 장선이야. 그쪽으로 운동화
> 수거하러 가는데 잠깐 볼래?

나는 태후에게 문자를 보냈다. 태후는 좋다고 했다.

태후는 현관문 앞에서 기다리고 있었다. 발바닥이 사정없이 가렵기 시작했다. 좀 걱정이 되었다. 연극을 보러 가면 적어도 두 시간 정도는 태후와 붙어 있어야 하는데 참을 수 없을 거 같았다. 하지만 기회를 포기할 수는 없었다.

"내일 뭐 해?"

"내일 일요일이잖아. 별일 없어. 그런데 왜?"

"연극 보러 갈래? 연극 티켓이 생겼거든."

발바닥이 가려워서 뜸을 들일 시간이 없었다. 나는 단도직입적으로 말했다.

"좋지."

태후가 활짝 웃었다.

"내일 11시, 3시, 두 번 공연 있어. 몇 시 공연 볼까?"

"장선."

태후가 갑자기 정색을 하며 다가섰다.

"연극 보러 가자는 거, 내가 했던 말에 대한 답인 거지? 내가 사귀자고 말했잖아. 그럼 우리 오늘부터 1일인 거냐?"

"응?"

"1일 하자."

"그래, 1일."

나는 고개를 끄덕였다.

"1일 기념으로 아이스크림 먹으러 갈래?"

태후가 물었다. 이렇게 발바닥이 불날 정도로 가려운데 어떻게 아이스크림을 먹는담. 무슨 핑계로 그냥 돌아갈까 머리를 굴리고 있는데 이상했다. 가려운 게 싹 사라졌다. 발가락 열 개를 마구 움직여 봤다. 가렵기는커녕 운동화 속은 한없이 보송보송했다.

'이건 또 뭔 조화야?'

태후와 아파트 상가에 있는 아이스크림 가게로 가는데 빌라에서 만났던 여자가 떠올랐다. 여자가 그랬었다. 누군가의 제안을 받아들이면 가려운 증상이 사라질 거라고. 그리고 시작될 거라고. 뭐가 시작된다는 말인지 아직 알 수 없지만 가려운 증상이 사라지는 건 그 여자 말이 맞았다.

"이 연극 대박 재미있다던데. 수진이가 지난주에 봤는데 울고 나왔대."

태후가 연극 티켓을 보고 말했다.

"수진이? 수진이랑 친해?"

하긴 수진이와 태후는 성적이 좋은 아이들이다. 그들만의 세계가 따로 있을 거다. 좀 의외인 것은 나는 수진이가 태후를 별로 좋아하지 않는 줄 알았다. 서랑이가 코맹맹이 소리를 할 때 수진이는 화를 냈다. 연극 내용을 공유할 정도로 친한 사이면 태후 앞에서 그러지는 않았을 거다.

"수진이랑은 같은 수학 동아리야. 그리고 수진이도 우리 아파트에 살아."

아하, 수학 동아리. 학교와 학원에서 수학 하는 것으로 모자라 동아리까지?

태후와 나는 내일 3시 공연을 보기로 하고 1시 30분에 지하철역에서 만나기로 했다.

태후와 아이스크림 가게에서 나오는데 어디선가 서랑이가 나타났다. 생각지도 못한 서랑이의 등장에 나도 태후도 소스라치게 놀랐다.

"너, 너, 너네들."

서랑이는 말을 잇지 못했다.

"태후야, 나는 그만 갈게. 내일 봐."

나는 서랑이 보란 듯 태후에게 손을 흔들어 보이고는 돌아섰다. 다음 일은 둘이 알아서 해결하겠지. 아마 서랑이 속이 홀라당 뒤집어지겠지?

"장선."

서랑이가 내 손목을 잡았다.

"너는 왜 나를 보기만 하면 손목을 잡니? 너랑 나랑 그렇게 친한 사이야? 아니잖아?"

나는 서랑이 손을 뿌리쳤다. 서랑이가 놀랐다. 놀라기는 나도 마찬가지였다. 내 목소리가 내 목소리가 아닌 것 같았다. 차갑고 뾰족했다. 나는 서둘러 거기를 벗어났다.

"내일 연극 보러 가기로 했어요."

나는 벌사장에게 말했다.

"잘했다. 비싼 티켓인데 버리지 않아서 다행이다."

벌사장이 고개를 끄덕이는데 어쩐지 얼굴이 어두웠다. 아까와는 달랐다.

"뭔 일 있어요?"

나는 조심스럽게 물었다.

"뭔 일은 무슨, 아무 일도 없다. 생각하면 할수록 고민이 점점 깊어 가는구나. 나는 전혀 그런 거에 흔들리지 않을 줄 알았는데 아니더라고. 요즘 나는 내 스스로에게 시시때때로 놀라고 있다."

대체 무슨 고민이 깊어 가고 뭐에 흔들리는지 물어보고 싶었지만 벌사장 표정이 하도 심각해서 물어볼 수가 없었다. 대단히 중요한 일인 것은 확실해 보였다.

부르르릉 부릉.

그때 오토바이 한 대가 세상을 찢을 듯 굉음을 내지르며 달려갔다.

"저 저런."

벌사장이 인상을 썼다.

"두 사람이 타고 있어요. 앞에는 남자고 뒤에는 여자. 여자가 남자 허리를 아주 꽉 껴안고 있는데요. 그런데요, 사장님. 남자만 헬멧 쓰고 여자는 안 썼어요."

저 혼자 헬멧 쓴 남자와는 당장 헤어져야 한다고, 사람은 인물만 보고 따라다니면 안 된다고 소리칠 줄 알았던 벌사장이 조용했다. 벌사장은 수거해 온 운동화를 정리하고 있었다.

"내일은 오전에 오면 안 될까요? 3시에 연극을 보러 가야 해서요."

"그래라."

벌사장이 고개를 끄덕였다.

서랑이가 빌라 앞에서 기다리고 있었다.

"너 참 이상하다. 왜 자꾸 나를 찾아오는 거야? 따질 일이 있으면 태후한테 따지라고 했잖아? 나는 태후랑 사귀기로 했거든. 오늘이 1일이야. 아까는 사귀게 된 기념으로 아이스크림을 먹었지."

입이 왜 이러지? 나는 당황했다. 내가 이런 말을 할 줄은 몰랐다.

서랑이 얼굴이 새하얘졌다.

"그런데 있잖아. 네가 충격 먹고 쓰러질까 봐 할까 말까 망설였는데 자꾸 나를 찾아와서 귀찮게 하니까 말해야겠다. 태후가 먼저 사귀자고 말했어. 내가 꼬리 친 게 아니고. 못 믿겠지? 그런데 오서랑, 세상에는 믿을 수 없는 일들도 종종 일어나더라고. 나도 이런 일이 일어날 줄은 꿈에도 몰랐거든. 태후가 예쁜 아이들을 좋아하는 줄 알았더니 그건 아니었나 봐. 어휴. 너 화장 떡졌다. 어떻게 좀 해 봐."

나는 손가락으로 서랑이 얼굴을 가리키다 눈을 찌르기 직전에 멈췄다. 서랑이가 움찔했다.

"미친 거 아니야? 태후는 나랑 사귀고 있어. 나랑 사귀고 있는데 너랑도 사귀자고 했다고? 태후는 그런 아이가 아니야."

서랑이 얼굴이 파랗게 질려 갔다.

"그러게, 나도 태후가 그런 아이가 아닌 줄 알았지. 그런데 그런 아이더라고. 아 참. 내일 태후랑 연극 보러 간다. 〈블랙홀을 지나〉라는 연극인데 요즘 되게 핫하대."

서랑이 눈이 휘둥그레졌다.

"거짓말하지 마. 네 말이 사실이라면 아까 태후가 나한테 무슨 말이라도 했을 거야. 그런데 태후는 아무 말도 안 했다고. 나한테도 아이스크림을 사 줬단 말이야."

"그래?"

태후는 바람둥이가 맞았다. 어이없었다.

"그렇다면 내가 좀 더 분발해야겠다. 나는 서랑이 네가 망하는 걸 꼭 보고 싶거든. 다시 한번 말할게. 우리 동네에 그만 나타나."

나는 서랑이를 두고 집으로 들어왔다.

제안을 받아들이고 나서

"하루만, 딱 하루만 빌려줘."

정이가 애걸복걸했다. 하지만 운동화를 빌려주는 건 곤란했다. 오늘 태후와 연극을 보러 가야 한다.

"오늘 진짜 중요한 날이라고. 세상에 태어나 처음으로 남자아이랑 놀러 가는데 고릿고릿한 냄새가 나는 신발을 어떻게 신고 가? 신발을 벗을 일이 있을 수도 있잖아. 빌려주면 오늘 신고 나서 세탁비 줄게. 응? 제발."

장정이 남자아이를 만난다니 놀라운 일이었다. 평소의 정이라면 신발에서는 고린내도 날 수 있다. 그래서 신발이라고 말할 아이다. 나는 정이가 양치질을 하는 사이에 집에서 나와 버렸다.

지하철역에서 태후를 만나 극장으로 갔다.

태후와 사진을 찍었다. 티켓을 들고 찍고 극장 입구에서도 찍고 연극 포스터 앞에서도 찍었다. 나는 사진을 찍으면서 주변을 둘러봤다. 서랑이는 보이지 않았다. 하지만 서랑이가 나타날 거라는 믿음이 있었다. 그 아이 성격에 오지 않고는 배길 수 없을 거다.

연극은 슬펐다. 수십 년이라는 시간을 거슬러 올라가 만난 첫사랑! 주인공은 그 첫사랑도 자신을 사랑한다고 믿었다. 그래서 엄청난 대가를 지불하고 이루지 못한 첫사랑을 찾아 시간을 거슬러 올라갔다. 사랑을 이루려고 말이다. 하지만 알고 보니 그 사랑은 주인공 혼자만의 사랑이었다. 가슴속이 피투성이가 될 만큼 처절한 사랑을 주인공은 혼자 했던 거다. 작은 버스 정류장에서 현재로 돌아오는 밤차를 타는 주인공의 모습이 얼마나 가슴 아픈지 나도 모르게 눈물을 쏟았다. 벌사장은 잘못 알고 있었다. 가슴이 말랑말랑해지는 게 아니라 아팠다. 가슴속 세포들이 잘리는 것처럼 아리고 쓰렸다.

패앵.

여기저기 코 푸는 소리가 들렸다.

연극이 끝났다.

극장 안이 서서히 밝아졌다.

포토타임이 있었다. 배우들과 사진을 찍을 수 있는 시간이었다. 연극에서는 한없이 가엽고 불쌍하고 측은하게 보였던 주인공이 가까이에서 봤을 때는 완전히 달랐다. 진한 화장에 화사한 눈빛과 웃음이 비련의 여주인공과는 거리가 있어 보였다. 게다가 사진을 찍으며 깔깔거리고 웃었다.

"와, 연극할 때와는 너무 다르네요. 완전 다른 사람 같아요."

누군가 말했다.

"연극이 끝났으니까요. 연극 속의 저는 제가 아니거든요."

배우가 웃으며 대답했다.

사진을 찍고 돌아서는데 저만큼 낯익은 얼굴이 보였다. 어둑어둑한 탓에 확실히 보이지는 않았지만 서랑이가 분명했다.

"슬프지?"

태후가 물었다.

"응. 겁나 슬퍼."

나는 서랑이 보란 듯 태후와 팔짱을 꼈다.

"나도. 저절로 눈물이 나더라. 에휴, 사람의 마음은 말을 하지 않으면 알 수가 없는 거야. 주인공이 깜박 속은 걸 보면

서 너무 화도 나더라."

태후는 손가락으로 눈가를 찍어 냈다.

"이런 내용은 언제 봐도 슬프다니까. 내용이 다른 듯 비슷한 영화를 본 적이 있거든. 그 영화도 되게 슬펐어. 어떤 부부가 결혼한 지 얼마 되지 않아 헤어지게 되었어. 남편이 전쟁에 나가게 되었거든. 시간이 지나고 다른 사람들은 모두 전쟁에서 돌아오는데 남편만 오지 않는 거야. 그러던 어느 날 남편이 먼 나라에서 살고 있다는 소식을 듣게 되고 여자는 물어물어 힘들게 남편을 찾아가. 그런데 그곳으로 간 여자는 남편이 새로 결혼을 했고 아이도 있다는 걸 알게 돼. 남편이 결혼한 여자와 아이를 보는 그 여자의 눈빛이 뭐라고 표현해야 하나? 슬픈 거 같기도 하고 화난 거 같기도 하고. 암튼 그 배우 연기 엄청 잘하더라. 아직 남편은 일을 하러 가서 퇴근하기 전이었지. 여자는 남편을 포기하고 집으로 돌아가기 위해 기차역으로 가. 그런데 여자가 타려는 기차에서 퇴근하는 남편이 내려. 둘은 기차역 먼발치에서 서로를 마주 보게 돼. 하지만 여자는 기차에 올라타고 그곳을 떠나. 그 뒤에 남편은 여자를 찾아오는데 여자는 남편을 받아들이지 않고 남편은 다시 아이가 있는 나라로 떠나. 어때, 다른 듯 비슷하지?"

"다른 듯 비슷한 게 아니라 영화가 훨씬 더 슬프네."

연극은 주인공만 불쌍한데 태후가 말한 영화에서는 모두가 다 불쌍하고 슬프다.

"누군가를 좋아한다는 것은 슬픔의 바다에 빠지는 것일 수도 있어."

태후의 표현이 멋졌다.

"나는 수영 못하는데 그런 일이 생길까 봐 걱정이네."

나는 말을 하며 내가 쓸데없는 걱정을 하고 있다는 생각을 했다. 내가 누군가를 좋아하는 일은 없을 테니까.

"수영 못해도 상관없을걸. 신기한 건 바다에 빠졌는데도 다들 빠져나오려고 애쓰지 않더라고. 그러다 어느 순간 자기도 모르는 사이 빠져나오더라고. 내가 다 아는 건 아니지만 영화에서 보면."

태후는 자기가 본 영화 이야기를 몇 개 더 해 주었다. 모두 사랑 이야기였고 죄다 슬펐다.

극장에서 나오니 비가 내리고 있었다. 빗줄기는 제법 굵었다. 지하철역이 가깝기는 했지만 그냥 맞고 갈 수준이 아니었다. 태후가 편의점에서 우산을 사 왔다.

"저녁 먹고 가자. 돈가스 먹을래?"

태후가 물었다.

"태후야."

그때였다. 서랑이가 나타났다. 태후가 소스라치게 놀랐다.

"태후 너 지금 뭐 하는 거야?"

서랑이 눈이 벌겋게 부어 있었다. 연극을 보고 울었는지 아니면 나와 태후가 같이 있는 걸 보고 울었는지 그건 잘 모르겠다. 태후는 어쩔 줄 몰라 하며 대답하지 못했다.

"빨리 돈가스 먹으러 가자. 배고파."

나는 태후 손목을 잡아끌었다.

통유리의 돈가스 집에서 나와 태후가 돈가스를 먹는 동안 서랑이는 맞은편 골목 입구에 서 있었다. 우산도 쓰지 않은 채였다. 돈가스를 다 먹고 났을 때 서랑이는 불빛 하나 없는 비 내리는 골목의 어둠 속으로 사라졌다.

태후는 한 마디도 하지 않고 묵묵히 돈가스만 먹었다.

"서랑이가 마음에 걸려? 그럼 나랑 사귀기로 한 거 취소하든가."

"아 아니야."

태후가 두 손을 휘저었다.

나는 서랑이가 우리 집 앞에서 기다리고 있을 거라고 예상했다. 하지만 예상은 빗나갔다. 서랑이는 없었다. 내가 상상했던 것보다 더 큰 충격을 받은 듯했다.

"선아, 선아, 선아."

현관문을 열자마자 정이가 요란스럽게 달려들었다. 정이는 내가 신은 운동화를 벗겨 이리저리 살폈다.

"아닌가? 맞나? 맞는 거 같기도 하고 아닌 거 같기도 한데."

정이는 운동화 속에 붙은 라벨을 살폈다. 글씨가 하도 작아 뭐라고 쓰여 있는지 보이지 않았다.

"방금 텔레비전에 이 운동화랑 똑같은 운동화가 나왔었거든. 아니다. 좀 다른가? 수백 년 전에 만들어졌는데 지구상에 딱 세 켤레밖에 없다더라. 에이, 아닌가 보다. 수백 년 전에 만들어진 운동화가 이렇게 현대적으로 생길 수는 없지. 아, 그런데 텔레비전에 나온 운동화도 현대적으로 생기긴 했어. 뭐, 어느 나라 백작의 집안에서 만들어져서 대대로 내려오는 운동화인데 신고 다니면 간절하게 원하는 일이 이뤄진다더라. 말이 좀 안 되지?"

나는 '간절한'이라는 말에 흠칫 놀랐다.

"에이, 여기 앞부분이 다른 거 같다. 아닌가 보다."

정이가 운동화를 던졌다.

"어느 나라?"

나는 정이에게 물었다.

"루마니아라고 했나? 루마니아의 무슨 백작이라고 했던

거 같은데. 야, 장선, 루마니아 백작 하면 드라큘라 아니냐?
드라큘라 백작."

"뭐래. 그게 말이 돼? 루마니아에서 만들어진 운동화가 어
떻게 대한민국까지 오냐? 그것도 세 켤레밖에 없는데. 그리
고 드라큘라가 운동화를 만들었다는 말은 처음 들어본다."

정이는 신기하게도 텔레비전만 봤다 하면 괴상한 정보를
주워듣는다.

"그렇지? 드라큘라는 운동화하고 상관없지."

"아 참, 오늘 남자아이는 잘 만나고 왔냐?"

정이 표정이 밝은 걸 보니까 잘된 것 같았다.

"만나고 왔지. 잘 만난 건 아니지만. 불길한 예감은 늘 적
중하잖아. 오늘 걔랑 카페에 갔는데 신발을 벗고 들어가는
카페더라고. 나는 신발 벗고 들어가는 카페가 있다는 거 오
늘 처음 알았어. 말도 마라. 내가 신발을 벗는 순간 고릿고릿
한 냄새가 카페에 확 퍼지더라. 나는 건조기가 필요하지 않
다고 생각했는데 건조기는 꼭 필요하다는 생각을 오늘 했어.
저번에 빗물에 젖었을 때 세탁해서 건조기로 보송보송 말렸
더라면 그런 일은 없었을 거 아니냐. 그런데 그 남자아이 있
잖아. 코가 되게 예민하더라고. 금세 그 냄새가 내 발에서 풍
겨져 나오는 걸 알아차리더라. 애가 콧구멍은 되게 작던데.

콧구멍 크기와 후각은 별 상관이 없나 봐."

"그래서 어떻게 되었어?"

정이가 얼마나 창피했을지 그 생각을 하자 내 얼굴이 다 뜨거워졌다. 명품 운동화를 빌려줄 상황은 아니었지만 양치질할 때 몰래 나간 게 미안하기도 했다.

"어떻게 되긴, 말차 라떼 한 잔 마시고 곧바로 나왔지. 그 남자아이가 말차 라떼를 냉수처럼 들이켜더니 가자고 하더라. 냄새가 좀 심하긴 했지. 웃긴 건 있잖아. 그 남자아이가 되게 깔끔 스타일인 거 있지. 옷에 뭐가 묻지도 않았는데 계속 털어대. 그런 애가 골까지 썩을 것 같은 신발 냄새를 맡았으니."

정이가 큭큭 웃었다. 저런 말을 하면서 웃음이 나올까.

"카페에서 나와서는 어디 갔는데?"

"집에."

"뭐?"

"곧바로 헤어져서 집에 왔어. 그 아이가 갑자기 급한 일이 생겨서 집에 가야 한다고 하더라고."

예의라고는 국 말아서 푹푹 퍼먹은 놈 같으니라고. 신발에서 냄새 좀 난다고 그런 식으로 굴다니.

"걔, 우리 학교 다니니? 이름이 뭐야?"

"우리 학교 안 다녀. 이름은 나도 몰라. 이름을 물어보기도 전에 헤어졌으니까. 장선, 라면 먹을래? 오늘 엄마랑 아빠랑 늦게 온대. 그런데 오전에는 어디 갔던 거야? 양치질하고 나와 보니까 없던데?"

"알바 갔지. 오후에 갈 데가 있어서 오전에 했어. 나는 저녁 먹었으니까 라면은 너 혼자 먹어."

나는 라면을 끓이는 정이를 물끄러미 바라봤다. 이름 모를 그 남자아이를 어떤 경로를 통해 만나게 되었는지 잘 모르겠지만 그 남자아이가 곧장 가 버린 게 꼭 냄새 때문만은 아닐 것 같았다. 정이가 맘에 들었다면 그깟 냄새 정도가 문제 되지는 않았을 거다.

"괜찮아?"

나는 끓는 물에 라면을 넣고 있는 정이에게 물었다.

"괜찮지."

"뭔지 물어보지도 않고 무턱대고 괜찮다고 하냐?"

"다 괜찮거든. 장선, 괜찮다고 여기면 다 괜찮대. 그럴 수도 있지라고 생각하면 다 그럴 수도 있는 거라고 이해하게 된대. 하지만 괜찮지 않다고 생각하면 다 괜찮지 않은 거래. 모든 걸 후회하게 되고 그렇게 후회하느라 시간을 허비하게 된다고 하더라."

"그 말도 옛날 어른이 한 명언이냐?"

"아니, 현대를 살고 있는 어떤 훌륭한 분이 한 말이야. 성지은이라고. 너도 같이 들었을걸?"

성지은은 엄마 이름이다. 그런 말을 들은 적이 있었나? 기억이 나지 않았다.

"잘 익어 가고 있는지 보자. 앗! 뜨거워."

라면 한 젓가락을 집어 입에 넣던 정이가 팔짝 뛰었다.

"이건 괜찮지 않네. 혓바닥 데었다."

정이가 찬물을 벌컥벌컥 마셨다.

운동화의 힘

서랑이가 아프다고 했다. 매일 떡칠을 하고 다니던 얼굴이 맨얼굴인 걸 보면 아파도 많이 아픈 모양이었다. 얼굴빛도 창백하고 핼쑥해 보였다.

'어제 비를 맞아서인가?'

그럴 수도 있겠다는 생각이 들었다. 서랑이는 1교시만 하고 조퇴했다. 내가 좀 심했나 하는 마음이 들었는데 그 마음은 조퇴하는 서랑이를 복도에서 마주친 순간 눈 녹듯 사라졌다.

"어제 비 맞아서 아픈 거니? 그러니까 왜 비는 맞고 다녀? 우리 집을 보고 어쩌니 저쩌니 하는 걸 보면 꽤 잘사는 모양인데 우산 살 돈은 없었나 보네."

나는 말을 하며 또 놀랐다. 내 입이 내 입이 아닌 것 같았다.

서랑이는 대꾸할 힘도 없는지 어깨로 내 어깨를 치고 갔다. 자기가 치고 가 놓고는 자기가 비틀거리며 겨우 중심을 잡았다.

'제안을 받아들이면 시작된다고 빌라 여자가 그랬는데. 내 입이 내 입이 아닌 것 같은 이 증상도 그 시작의 하나인가?'

아마 그럴 거다.

교실로 들어왔을 때 태후는 텅 빈 서랑이 자리를 바라보고 있었다.

"서랑이랑 헤어졌나 봐?"

율이가 내 옆으로 다가와 말했다.

"네 생각은 어때, 장선?"

얘가 왜 요즘 나에게 부쩍 말을 거는지 모르겠다.

"몰라."

나는 고개를 저었다.

"태후야~, 태후야아~~."

율이가 노래를 부르듯 태후를 불렀다.

"서랑이랑 싸웠냐? 아니면 헤어졌냐?"

율이가 태후 눈치를 보며 물었다.

"헤어졌대?"

"그 말이 사실이냐? 어쩐지 서랑이가 아프다는데 태후가 옆에 가지 않더라. 포도젤리 돌린 지 며칠이나 되었다고 벌써 헤어지냐?"

교실이 떠들썩해졌다.

"시끄러워서 못 살겠네. 곧 시험인데 이러고들 싶니?"

수진이가 한숨을 쉬었다.

"수진아, 네 생각은 어때? 둘이 헤어진 거 맞지?"

율이가 수진이에게 쪼르르 달려갔다.

"궁금하냐?"

수진이가 물었다.

"오호, 수진이 너는 알고 있구나? 헤어진 거 맞지? 궁금해 죽겠어. 말해 줘."

"나도 궁금한 거 있는데 내 질문에 먼저 대답하면 나도 대답해 줄게."

"오호, 수진이 네가 나한테 궁금한 것도 다 있냐? 뭔데? 내가 아는 거라면 성심성의껏 대답해 주마."

율이가 두 팔을 양쪽으로 벌렸다.

"너, 서랑이 좋아하지?"

수진이 말에 율이는 놀라는 표정이 역력했다. 교실은 한순간 찬물을 끼얹은 듯 조용해졌다. 모두의 눈이 수진이와 율이에게로 향했다.

"누 누 누가 그래?"

율이는 말까지 더듬었다.

"누가 그런 게 뭐가 중요해? 내 질문의 요점은 그게 아니잖아? 율이 네가 서랑이를 좋아하느냐, 좋아하지 않느냐, 내가 궁금한 점은 그건데?"

잠시 어물거리던 율이가 무슨 말인가 하려는 바로 그 순간이었다.

"됐어. 나는 남의 일에 별로 관심 없거든. 율이 너도 교실 안에서는 좀 조심해 줬으면 좋겠어."

수진이가 책상을 한 번 치고는 자리에 앉았다.

"하아, 참 나, 누가 누구를 좋아한다는 거야?"

율이가 길게 숨을 내쉬며 중얼거렸다.

태후는 말이 없었다. 어쩌다 눈이 마주치면 나를 빤히 바라봤다. 그 눈빛이 좀 묘했다. 컵라면을 먹고 아이스크림을 먹고 연극을 같이 볼 때의 태후의 눈빛과는 다른 것 같기도 했다. 그런 태후의 눈빛은 수업이 끝날 때까지 이어졌다.

'사귀자고 한 거 취소하고 싶은가?'

아리송했다.

수업이 끝나고 태후가 교실 뒷문으로 나가다 나에게 다가

왔다.

"알바 몇 시에 가?"

태후 눈빛이 다시 다정하고 부드러운 눈빛으로 돌아왔다.

"집에 들렀다가 옷 갈아입고 갈 거야."

"우리 아파트에도 와? 나는 지금 학원에 갔다가 6시 정도에 집에 갈 건데 우리 아파트에 올 거면 그 시간에 와."

나와 태후는 6시에 아파트 입구에서 만나기로 했다.

'멀리 있을 때 태후와 가까이 있을 때 태후는 달라. 이것도 혹시 가려운 증상과 같은 건가?'

문득 이런 생각이 들었다.

벌사장은 컴퓨터 화면을 뚫어져라 보느라고 내가 들어가는 것도 몰랐다. 얼핏 봐도 고객들의 정보는 아니었다.

"뭐 하세요?"

"으으으으으윽."

벌사장이 괴상한 비명 소리를 내며 놀랐다. 절대로 들키지 말아야 할 비밀을 들킨 사람 같았다.

"너는 오면 온다고 기척이라고 내고 와야지 그딴 식으로 갑자기 쳐들어오면 어쩌냐?"

벌사장이 화를 내며 황급히 인터넷 창을 닫았다. 나는 도로 밖으로 나가 문을 닫은 다음 문이 부서져라 두드리고 다시 들어왔다.

"됐죠? 그런데 무슨 죄 지었어요? 뭘 보다가 그렇게 놀라요?"

나는 운동화 그림이 깔린 컴퓨터 화면을 보며 물었다.

"아무것도 아니다. 빨리 한 바퀴 돌고 와라. 오늘 수거할 운동화도 많고 배달할 운동화도 많아."

벌사장은 벌떡 일어나 세탁소 안을 분주히 오가며 운동화를 챙기고 주소를 챙겼다. 매일 하는 일인데 오늘따라 더 바쁜 척하는 것 같았다.

'뭔가 비밀이 있어.'

분명했다. 벌사장이 아무것도 아니라고 하니까, 감추려고 하니까 더 궁금했다.

6시에 비스타혁신 아파트 입구로 갔다. 태후는 벌써 와 있었다. 나는 먼발치에서 태후를 발견하고 손을 번쩍 들었다. 내가 손을 흔들어도 태후는 바라보기만 했다. 그러다 내가 가까이 가자 두 손을 마구마구 흔들며 반가워했다.

'내 생각이 맞아.'

거리였다.

태후와 편의점에 가서 삼각김밥을 먹었다. 나는 삼각김밥을 먹고 나서 곧 일어나야 했다. 벌사장 말대로 오늘따라 수거할 운동화도 많았고 배달해야 할 운동화도 많았다.

"나도 같이 갈까? 지금부터는 시간이 있거든."

태후는 과자와 초콜릿을 샀다. 먹으면서 다니면 더 재미있을 거라고 말했다.

태후가 내 손을 잡았다. 편의점 문을 나서며 나와 태후는 동시에 놀라서 걸음을 멈췄다. 수진이가 앞에 서 있었다. 수진이도 놀란 표정이었다. 수진이가 나와 태후 손을 바라봤다. 나는 얼른 태후 손을 뿌리쳤다.

"뭐 사려고 오는 길이야?"

태후가 물었다.

"응."

수진이는 고개를 끄덕이며 편의점으로 들어갔다.

"괜찮아?"

나는 태후에게 물었다.

"뭐가?"

"너랑 나랑 손 잡고 있는 거 수진이한테 들켰잖아?"

"괜찮아."

태후와 같이 운동화도 수거하고 배달도 끝냈다. 태후는 수거한 운동화를 세탁소 앞까지 들어다 주었다.

"이잉? 비스타혁신이네? 알바 시간에도 같이 다닌다? 친한 사이 아니라더니 친해졌냐?"

"연극 보고 나서 친해졌어요."

굳이 아니라고 부인하고 싶지 않았다.

"그래, 친하게 지내면 좋지. 그런데 말이다. 뒷모습도 잘생
겼다."

벌사장이 멀어지는 태후를 보며 중얼거렸다.

"사장님. 외모는 중요한 게 아니라면서요. 외모는 옷과 같
다면서요. 세월이 지나면 옷이 낡아지듯 외모도 그렇게 되는
거라면서요? 전에는 분명 그렇게 말해 놓고 요즘 왜 확 변했
어요? 혹시…… 좋아하는 여자 생겼어요?"

"떽! 그런 거 아니다."

벌사장이 팔짝 뛰었다. 그게 뭐 그렇게도 팔짝 뛸 말이라
고. 오십 대에 좋아하는 사람이 생기면 축하받아 마땅한 일
이다. 누가 뭐라고 할 사람 없다. 한 가지 걱정이라면 그 여자
도 벌사장을 좋아해 주어야 할 텐데. 아! 혹시 짝사랑? 요즘
뭔가 깊이 고민하는 걸 보면 그럴 수도 있겠다.

"알바 시간 지났다. 얼른 집에 가라."

벌사장이 손을 휘휘 저었다.

"그런데 사장님, 선크림은 잘 바르고 있는 거죠? 점 빼고
테이프까지 떼고 나면 선크림 열심히 발라야 해요. 그렇지

않으면 금세 점이 도로 올라와요. 아이고야, 이것 봐요. 점 뺀 부분이 약간 거무튀튀하죠? 점이 도로 올라오나 보네."

벌사장은 황급히 거울을 바라봤다.

"외모에 신경 쓰는 거 보니 좋아하는 여자가 생긴 거 맞네요. 하지만 짝사랑은 하지 마세요. 그거 되게 위험한 거거든요. 옛날에는 짝사랑이라는 것이 애잔하고 슬픈 사랑으로 표현되곤 했대요. 그런데 요즘은 환경이 바뀌고 사람들도 확 달라졌대요. 짝사랑은 더 이상 애잔하고 슬픈 사랑이 아니라 아주 위험한 거예요. 스토커로 변할 수 있거든요. 그딴 거 하지 마세요."

"아 아니라니까."

나는 당황해하는 벌사장을 뒤로하고 세탁소에서 나왔다.

아직 어두워지지 않았는데도 별이 떠 있었다. 우리 동네로 올라가자 별은 더 가까이 보였다. 엄마와 정이는 별을 가까이에서 볼 수 있는 건 큰 행운이라고 말했다. 하지만 나는 아니다. 별이 가까운 동네에 산다는 건 다리 아프고 힘든 일일 뿐이다.

정이는 물티슈로 운동화 속을 닦고 있었다.

"세탁을 해야지. 물티슈로 닦아 낸다고 냄새가 없어지니? 내일 내가 세탁해다 줄게. 내가 운동화 세탁소에서 알바 하는데 이게 무슨 청승이냐?"

"내일 가져가면 내일 곧바로 세탁이 끝나고 가져올 수 있는 거야? 그건 아니잖아. 그럼 학교는 뭐 신고 가? 선이 네가 신던 운동화도 꺼내 봤거든. 네 운동화도 저번에 빗물에 담가졌다 나온 후로 그대로 방치했지? 내 운동화나 네 운동화나 똑같아. 머리가 아플 정도로 냄새가 심해. 그래서 옛날 어른들은 고약한 냄새를 맡을 때 머리카락이 빠지겠다는 명언을 남겼지. 얼마나 머리가 아프면 머리카락이 다 빠지겠냐? 대단한 표현이고 대단한 명언이야."

저러고 운동화를 닦으면서도 옛날 어른이 어쩌고저쩌고 저런 말을 하고 싶을까.

"내일 운동화 새로 사 줄게."

나는 정이가 측은했다.

"선이 네가 무슨 돈이 있어?"

"여름방학 때 알바 해서 받은 돈 있어."

정이가 물끄러미 나를 바라봤다. 감동 받은 듯했다.

더 강력해지는 운동화의 힘

서랑이가 온종일 책상에 엎드려 있었다. 태후는 자리에서 꼼짝도 하지 않았고 태후와 서랑이가 싸웠느니 헤어졌느니 아이들은 한번씩 숙덕거렸다.

집으로 돌아가는 길에 쇼핑센터에 들렀다. 브랜드 운동화는 엄청 비쌌다. 나는 운동화 매장마다 몇 번이나 돌고 돌면서 고민하다 적당한 가격의 운동화를 샀다.

"뭐야? 진짜 운동화 산 거야?"

거실에 누워 텔레비전을 보고 있던 정이가 벌떡 일어났다.

"사 주겠다고 약속했잖아. 신어 봐."

나는 운동화 박스를 거실에 내려놨다.

"야아…… 진짜 사 오면 어떻게 해? 주말에 세탁해서 신으면 되는데. 이번 주 주말에 날씨 완전 좋대. 선이 너 신어. 이상한 운동화 계속 신고 다니지 말고. 어쩔 수 없는 상황이라서 그 운동화를 신고 다닐 수밖에 없다는 거 알아. 그래서 찜찜해도 당장 원래 자리에 가져다 놓으라는 말을 다시 할 수 없었던 거야. 너 신어."

"너 주려고 사 온 거잖아. 신어. 그리고 나는 필요하면 사 신으면 돼."

"야, 네가 무슨 돈이 있다고 운동화를 또 사? 견디기 힘든 더위와 싸워 가며 알바 해서 번 돈인데 아껴."

정이는 내가 에어컨 좀 켜자고 하면 견딜 만하다고 절대 틀지 않았었다. 하지만 정이는 알고 있었던 거다. 올여름 더위는 견디기 힘들었다는 것을.

"신으라고 사 온 거니까 그냥 좀 신어. 자꾸 짜증 나게 하지 말고."

나는 인상을 썼다,

"푸히히히히히."

갑자기 정이가 웃음을 터뜨렸다.

"선아, 우리 그 형제들하고 똑같지 않냐? 의좋은 형제 있잖아. 몰라?"

"우리가 알고 있는 사람들 중에 그런 형제도 있었어?"

내가 알고 있는 사람들 목록이 순간적으로 머릿속에 휘리릭 떠올랐지만 그 목록에 그런 형제는 없었다.

"어떤 마을에 형제가 살고 있었잖아. 둘은 부모님한테 재산을 물려받아 논도 똑같이 나눴어. 아주 사이좋게, 서로 많이 갖겠다고 싸우지 않고. 그리고 열심히 농사를 지었거든. 날씨도 좋고 열심히 일한 덕에 풍년이 들었어. 벼를 수확해서 논 가득 쌓아 놓고 둘은 흐뭇한 가을을 맞았어. 그런데 형이 보기에 자기 볏단이 좀 많아 보이는 거야. 그래서 결심했지. 밤에 자기 볏단을 동생네 볏단 쌓아 둔 곳에 조금 옮겨 놓기로 말이야. 형은 밤에 볏단을 옮겼어. 그리고 뿌듯한 마음으로 잠을 잤는데 있잖아. 그다음 날 보니까 벼가 그대로야."

"밤에 옮겼다며?"

"응. 옮겼어. 지게 가득 져 옮긴 거 확실해. 그런데 다음 날보니까 그대로야. 이상했지. 그날 밤 형은 다시 볏단을 한가득 동생네로 옮겼지."

"설마 다음 날 또 그 벼가 도로 형네로 와 있었던 거야?"

"딩동댕! 맞아. 그날 밤 형은 다시 볏단을 지고 옮기기 시작했어. 보름달이 뜬 날이었지. 땀을 뻘뻘 흘리며 동생네로 향하던 형은 바로 앞에서 동생을 만났어. 동생도 땀을 흘리며 볏단을 한가득 짊어지고 있었어. 동생도 형과 같은 생각을 했던 거지. 어쩐지 자기 벼가 형보다 많은 거 같다는. 야, 우리 그 형제랑 비슷하지 않냐?"

"비슷한 게 아니라 완전 똑같지."

그때 엄마가 안방에서 나왔다.

"웬일이야? 언제 왔어? 왜 이렇게 일찍 왔어?"

"어디 좀 다녀올 데가 있어서 거기 갔다가 일찍 왔는데 일찍 들어온 덕에 이렇게 감격적인 현장을 보게 되네. 정이랑 선이 너희들처럼 사이가 좋은 자매도 없을 거야. 내가 오늘 완전히 감동 먹어서 눈물이 다 난다."

엄마가 손가락으로 눈물을 찍어 냈다.

"눈물이 나는 건 나는 거고 이 운동화를 누가 신느냐! 그걸 정해야 하잖아? 선이는 어디서 주워 온 것인지 모르지만 당장 새 운동화가 필요한 건 아니야. 하지만 정이는 당장 필요한 거 같아."

"내 말이. 그러니까 정이가 신어야지. 정이 신으라고 사 온 것이기도 하고."

나는 고개를 끄덕였다.

"하지만 그렇게 하면 정이 마음이 불편할 거야. 엄마 생각에는 있지. 둘이 가위바위보를 해서 이긴 사람이 새 운동화를 신고 진 사람은 지금 선이가 신고 다니는 저 운동화를 신는 거야. 어때?"

　엄마가 잘 나가다가 딴소리를 했다. 말도 안 된다. 내가 이기면 정이가 명품 운동화를 신게 되는데 그건 절대 안 된다.

　"와아아. 그거 좋다. 내가 여태껏 선이랑 가위바위보해서 이긴 적이 단 한 번도 없거든."

　정이가 까르르 웃었다. 정이가 웃자 엄마도 웃었다. 손뼉까지 치며 웃는 정이와 엄마를 바라봤다. 이게 저렇게 웃을 정도의 일인가? 솔직히 엄마 입장이라면 이런 장면을 마음 아파 해야 하는 거 아닌가? 운동화 하나 제대로 못 사 주는 형편을 안타까워 하면서 말이다. 정이 입장도 마찬가지다. 그런데 내가 풍기는 운동화를 물티슈로 닦아 내는 현실을 생각하면 저렇게 웃음이 나올 수가 없다.

　"좋아. 가위바위보해서 이긴 사람이 새 운동화 신기. 가위바위보."

　나는 오른손을 올리며 소리쳤다. 정이가 엉겁결에 주먹을 냈다. 나는 정이가 주먹을 내는 걸 보고 가위를 냈다.

　"내가 졌네."

　나는 방으로 들어왔다.

　잠시 후 정이가 따라 들어왔다.

　"장선, 고맙다. 잘 신을게. 대신 선이 네가 방을 두 달 동안 더 써. 아무리 자매 사이지만 준다고 해서 덥석 받는 건 미안한 일이잖아. 나도 뭐라도 해야지. 내가 두 달 동안 더 거실에서 잘게. 알았지?"

정이는 말을 끝내고 방에서 튀어나갔다. 내가 거절할까 봐 그러는 것 같았다. 우리 집은 방이 두 개다. 그래서 나와 정이는 두 달 간격으로 번갈아 가며 방을 쓴다. 공연히 콧날이 시큰해졌다.

서랑이는 1교시가 끝나고 나서야 학교에 왔다. 서랑이 얼굴이 눈에 뜨게 핼쑥했다. 어제보다 반은 쪼그라들어 있었다. 교실로 들어선 서랑이가 태후를 바라봤다, 마침 고개를 들던 태후가 서랑이와 눈이 마주쳤다. 둘 사이에 묘한 기류가 흘렀다.

서랑이가 성큼성큼 내게 다가왔다.

"장선. 나 좀 봐."

서랑이는 복도로 나갔다. 내가 뒤따라 나갔을 때 서랑이는 복도에 난 창으로 밖을 내다보고 있었다.

"내가 양보할게."

내가 옆으로 다가갔지만 서랑이는 여전히 밖을 보며 말했다.

"뭘 양보해?"

"태후를 너한테 양보하겠다고."

서랑이는 낮은 한숨을 토해 냈다. 마침 창으로 들어온 바람에 서랑이가 내뿜는 한숨이 섞였다. 내 코로 뜨거운 바람이 훅 들어왔다.

"뭐래? 너 웃긴다. 태후가 무슨 시식 코너 접시에 마지막으로 남은 만두 조각이니? 아님 지하철 좌석이야? 무슨 양보?"

나는 코웃음을 쳤다.

"무슨 말을 그렇게 해? 양보한다고 하면 알았다고 하면 되잖아."

서랑이가 울먹였다.

"오서랑. 너답지 않게 왜 이래? 왜 이렇게 약한 모습을 보여? 몸이 아프니까 마음도 약해졌니? 제발 양보하지 마. 나는 네가 나한테 뭐든 양보하는 거 바라지 않아. 비가 쏟아지던 그날 기억나니? 가방에서 쏟아진 물건을 쓸어 담고 있을 때 너는 내 옆을 지나가며 무시하는 눈빛을 보냈었어. 남을 등급 매겨서 아무렇지도 않게 말했잖아? 너 스스로 생각해도 양보라는 말은 너와 어울리지 않는 거 같지 않니? 우리 아빠를 쳐다보던 눈도 나는 잊지 못해. 그게 바로 너야. 나는 너한테 돌려줄 거야. 내가 받은 만큼. 내가 참았던 거 다 토해 낼 거라고. 그러니까 너는 절대 포기하지 말고 내가 주는 거 다 받아. 양보라는 말로 나를 피할 생각하지 말란 말이야."

나는 말을 하며 생각했다. 운동화의 힘이 대단하다고.

"장선, 너 진짜 왜 이래? 나는 어제 온종일 고민하고 결정한 거란 말이야. 태후는 내 앞에서는 나를 좋아한다고 말했었어. 하지만 엊그제부터는 그 말을 못 해. 나한테 들킨 게 많아서 이제 거짓말도 못 하는 거겠지. 태후가 정말 너를 좋아하는 거라면 태후 마음을 존중해 줘야겠다고 생각했어."

서랑이는 콧물을 훌쩍거렸다. 우는 것 같았다.

"진짜 어울리지 않네. 원래 네 모습대로 좀 해. 무식하고 뻔뻔하고 재수 없는 네 모습은 어디다 던져 둔 거야?"

"나 나 나는 태후를 정말 좋아한다고. 그 그래서 존중해야 한다고 생각했어. 너 진짜 왜 그래?"

"존중 같은 소리 하고 있네. 존중이라는 말이 너하고 어울린다고 생각하니? 뜻이나 알고 말하는 거야? 네가 어떤 아이인지 스스로 잘 생각해 봐. 그리고 내가 뭘 어쨌는데? 잘 생각해 봐. 처음부터 나는 아무것도 한 거 없어. 가만히 있는데 태후가 와서 사귀자고 했고 가만히 있는데 네가 자꾸 와서 나를 귀찮게 굴었잖아? 나는 그냥 가만히 있었다고. 지금

이나 예전이나 똑같이. 왜? 내가 갑자기 돌변하니까 당황스럽니? 네 앞에서는 쪼그라들어 있어야 하는데 그러지 않아서 이상해? 하긴 내 얼굴 가지고 품평회 하듯 조목조목 뜯어서 말하던 네 앞에서도 크게 반발하지 못했던 나니까 나는 늘 그런 아이인 줄 알고 있었겠지. 그리고 지금 내 모습이 당황스럽기는 하겠다. 지렁이도 밟으면 꿈틀한다고 했어. 옛날 어른들이 남긴 명언이래. 이상하게 옛날 어른들은 틀린 말을 하지 않더라고. 억울한 날도 많았는데 꿈틀할 기회가 오더라고. 오서랑, 절대 양보하지 마. 존중 같은 소리 하고 자빠졌네."

나는 서랑이 눈을 똑바로 바라봤다.

"그리고 너, 화장 좀 해야겠다. 매일 하다 안 해서 그런가? 더 못 봐 주겠다. 9등급인 나보다 나은 게 뭐가 있나?"

내 말에서 뿜어져 나오는 독은 점점 더 강해졌다. 시간이 지나면서 더 강해진다는 걸 나도 느낄 수 있었다. 나는 문득 내가 내뿜는 독으로 서랑이가 죽을 수도 있겠다는 생각이 들었다.

'하지만 멈추지 않아.'

나는 두 주먹을 꼭 쥐었다.

서랑이가 아랫입술을 꼭 깨물며 돌아섰다. 더 할 말이 없는 건지 아니면 말할 기운이 없는 건지. 서랑이는 어깨를 축 늘어뜨린 채 화장실로 들어갔다. 그래, 마음껏 울기에는 화장실이 최고지. 나도 그곳에서 많이 울었거든.

"아이, 깜짝이야."

뒤돌아서는 순간 심장이 떨어질 뻔했다. 수진이가 서 있었다. 언제부터 거기 있었는지 알 수 없었다. 나와 서랑이는 창밖을 보며 말하고 있었다. 수진이는 나와 서랑이가 하는 말을 처음부터 들었을 수도 있다. 나와 눈이 마주친 수진이는 어깨를 으쓱해 보이고는 돌아섰다. 무슨 뜻인지 알 수 없었다.

수업이 끝나자마자 태후는 곧장 교실에서 나갔다. 일부러 내 옆으로 지나가지 않는 것 같았다.

'휴대폰.'

태후 책상 서랍에 휴대폰이 있었다. 서두르느라고 잊고 간 듯했다. 나는 아이들 눈을 피해 태후 휴대폰을 꺼내 주머니에 넣은 다음 교실을 나섰다.

"야, 장선. 왜 정정당당하게 태후랑 같이 나가지 않냐? 그래도 양심은 좀 있나 보네?"

율이 목소리가 내 뒷덜미를 잡았다.

"그러는 거 아니야."

율이가 한마디 더 했다.

"무슨 소리야?"

나는 율이에게 물었다,

"몰라서 묻냐? 너랑 태후랑 사귄다며?"

"진짜?"

아이들이 모두 율이를 바라봤다.

"그만해."

서랑이가 책상을 치며 일어났다. 그러더니 가방을 집어 들고 교실에서 나갔다. 나는 서랑이를 따라갔다.

"잠깐."

나는 서랑이를 불러 세웠다.

"태후가 좀 보재. 할 말이 있나 봐. 태후네 아파트 상가에 있는 아이스크림 가게로 6시까지 오래. 너희들 전화나 문자도 안 하나 봐? 그러니까 태후가 나한테 부탁하지."

이런 거짓말이 왜 나오는지 모르겠다. 지금 내 입은 내 입이 아니다.

"태후가 너한테 그런 말을 했다고?"

서랑이가 의심스러운 눈빛으로 물었다.

"몰라. 가고 싶으면 가고 가기 싫으면 말아. 나는 분명 태후 말 전했다."

나는 앞장서서 계단을 뛰어 내려갔다. 과연 서랑이는 아이스크림 가게에 나타날까, 나타나지 않을까?

"얘가 왜 자꾸 이러나? 이제 부담스러워지려고 하네. 시간 되면 와라. 알바비도 더 안 주는데 왜 맨날 일찍 와?"

벌사장은 초췌해진 얼굴로 말했다. 고민이 아직 해결되지 않은 듯했다.

"얼굴 꼴이 그게 뭐예요? 대충 해결하세요. 오십 대가 아니라 육십 대 같아요."

벌사장 얼굴이 얼마나 불쌍해 보이는지 차마 눈을 마주칠 수가 없을 정도였다.

"나를 위로하려고 하는 말 같은데, 맞냐?"

"예, 맞아요."

"네 마음은 알겠는데 그딴 식으로 사람 속 뒤집어 놓는 말은 하지 마라. 육십 대가 뭐냐, 육십 대가. 그렇지 않아도 예민한 상태인데 성질까지 확 올라오려고 한다."

"여기가 오늘 운동화 수거할 곳들이에요? 배달은 수거해 오고 나서 갈게요. 그리고 일찍 왔으니까 오늘은 5시 30분에 퇴근이에요."

나는 재빨리 탁자 위에 있는 메모지를 들고 세탁소에서

나왔다.

'엄청 예민하시네. 저런 표정은 처음이야. 진짜 위험한 사랑이라도 시작된 건가?'

나는 어깨를 후드득 떨었다.

비스타혁신으로 가서 태후네 집부터 갔다.

"휴대폰을 두고 갔더라고."

나는 태후에게 휴대폰을 주고 6시에 아이스크림을 먹자고 했다. 태후는 좋다고 말했다.

알바를 끝내고 5시 50분에 비스타혁신 아파트 상가로 갔다. 서랑이가 아이스크림 가게 앞에 서 있었다. 나를 발견한 서랑이가 소스라치게 놀랐다.

"장선, 너도 오는 거였어?"

"너, 안 올 거 같더니 나왔네? 뭐야, 나한테는 양보한다고 하더니 말만 그랬구나? 전혀 양보하고 싶은 마음이 없는 거지? 당연히 그렇겠지. 그러니까 태후가 보자는 말에 달려 나왔겠지. 그런데 서랑아, 화장품 좀 바꿔라. 제발 싼 거 쓰지 말고 비싼 거 써. 여기랑 여기 떡져 가지고 주름이 푹 패었어. 어? 어떻게 하냐? 여기 톡 튀어나온 거 있네. 이거 여드름 아닌 거 알고 있지? 네가 저번에 나한테 알려줬잖아. 지방이라고. 지방은 새끼도 친다며? 얼굴에 확 퍼지면 어쩔래? 신경 좀 써야겠다. 일단 들어가자."

나는 서랑이 팔을 잡았다.

"됐어. 너도 나올 거 미리 알았다면 절대 안 나왔을 거야."

서랑이가 내 손을 뿌리쳤다. 서랑이를 억지로 끌고 안으로 들어가 자리에 앉는 순간 통유리문 너머로 태후가 보였다. 자리를 박차고 일어나던 서랑이가 태후를 보자 얼음처럼 굳었다. 나와 서랑이를 발견한 태후는 제자리에 멈춰 섰다. 놀란 표정이었다. 서랑이가 나올 줄은 꿈에도 몰랐을 테니까 당연히 놀랐겠지. 태후가 굳은 얼굴로 아이스크림 가게 문을 열고 들어왔다. 태후는 문 앞에서 선뜻 다가오지 못한 채 망설이고 서 있었다. 나는 태후에게 손짓을 했다. 태후가 조심스럽게 다가왔다.

'조금 더 가까이 오면 태후 표정이 바뀔걸.'

나와의 간격이 2미터 정도 되자 굳었던 태후 얼굴이 펴졌다.

"학원에서 오느라고 좀 늦었어. 그런데 서랑이 네가 웬일이야?"

"네가 보자고 한 거 아니었어……? 장선! 너, 진짜!"

서랑이가 입술을 깨물었다.

"내가 이 자리를 만든 거야. 서랑이가 자꾸 태후 너를 나한테 양보한다고 하잖아? 그런 말 듣고 내가 기분이 되게 나빴거든. 내가 태후 너랑 사귀는데 서랑이의 양보가 필요해?"

태후가 서랑이를 바라봤다.

"그 그 그건…… 태후 너랑 나랑은 헤어지지 않은 상태잖아? 우리가 사귀기로 했을 때 너랑 나랑은 사귀자고 서로 말하고 시작했어. 그런데 태후 너는 나한테 아직 헤어지자는 말은 하지 않았어. 끝내려면 끝내자고 말해 주어야 하는 거 아니니? 그래서 양보하겠다고……."

"그럼 지금 말하면 되겠네. 태후야, 서랑이한테 말해. 헤어지자고."

나는 서랑이 말을 자르며 태후를 바라봤다. 서랑이가 자리를 박차고 일어나 밖으로 뛰어나갔다. 태후는 서랑이를 따라 나가지 않았다.

"먹자."

나는 태후에게 아이스크림 스푼을 쥐여 주었다. 태후는 아이스크림을 먹었다. 태후는 아이스크림을 퍼서 내 입에 넣어 주기도 했다.

"어, 여기 아이스크림 묻었다."

태후가 손가락으로 내 입가를 닦아 주었다.

"태후야."

나는 태후를 바라봤다.

"응?"

"……."

"왜?"

"율이가 알고 있더라고. 너랑 나랑 사귀는 거 말이야. 수진이가 말했을 리는 없고 서랑이가 말했나 봐. 나는 네가 아이들한테 욕먹는 거 싫어. 앞으로 학교에서는 할 말 있으면 문자로 해."

태후가 천천히 고개를 끄덕였다.

"다 먹었으면 그만 가자. 7시부터 수학 동아리 모임 있어."

태후가 가방을 메고 일어났다.

태후가 앞서 갈 때 뭔가 툭 떨어졌다. 투명하고 작은 키링이었다. 태후 가방에서 떨어진 모양이었다. 나는 키링을 주워 들다 멈칫했다. 어디서 많이 보던 낯익은 키링이었다.

'서랑이?'

우리 동네에 나타났을 때 뒤돌아서 걸어가던 서랑이 가방에서 찰랑거리던 키링과 같았다.

'둘이 같은 걸 샀구나.'

나는 키링을 주머니에 넣었다.

"조심해서 가."

태후가 내 손을 꼭 잡고 말했다.

"응. 어서 가."

나는 태후에게 먼저 가라고 했다. 태후가 아파트 단지 안으로 들어서서 보이지 않을 때까지 태후의 온기가 손에 남아 있는 것 같았다.

"그거 어떤 책 스토리야? 아니면 영화?"

정이가 거실에 누워서 다리를 허공으로 뻗어 흔들며 물었다.

"제목은 몰라. 도서관에서 읽었는데 끝까지 못 읽어서 자꾸 궁금한 거 있지. 왜 그렇게 다리를 흔드냐? 어지러워 죽겠네."

"다이어트 시작했거든. 이렇게 누워서 다리를 흔들면 뱃살이 쏙 빠진대. 그러니까 남자와 여자가 사귀었어. 그러던 중에 다른 여자가 둘 사이에 끼어들었다는 거지? 스토리 참 진부하다, 진부해. 그 정도 스토리는 나도 쓰겠다. 적어도 작가면 독자가 상상하지 못하는 얘기를 써야 하는 거 아니냐?

남자는 둘 사이에 끼어든 여자한테 빠졌어. 둘 사이에 끼어든 여자는 원래 남자와 사귀던 여자와 남자의 마음을 떠보려고 마음먹었어."

정이가 말하는 게 헷갈렸다.

"A와 B, 이런 식으로 부르면 안 될까?"

"끼어든 여자는 남자 휴대폰으로 원래 남자가 사귀던 여자에게 만나자고 문자를 보냈어. 그런데 그 여자가 약속 장소에 나타났어. 장선, 네가 알고 있는 스토리는 여기까지고 약속 장소에 나타난 여자의 마음이 궁금하다 이거지?"

정이는 여전히 헷갈리게 말했다.

"응, 뒷부분을 보면 아마 그 여자, 그 여자가 뭐더라? 원래……."

"남자가 원래 사귀던 여자."

"더럽게도 어렵게 말하네. 끝까지 읽었으면 남자가 원래 사귀던 여자의 속마음과 남자의 마음을 알았을 텐데 뒤는 안 읽었거든."

"남자와 원래 사귀던 여자는 남자를 잊지 못하네. 그리고 장선! 더 중요한 것은 남자의 태도야. '내 앞에서 말해. 이 여자가 싫다고!' 새로운 여자가 남자에게 이렇게 말했을 때 남자가 머뭇거렸다며? 그럼 남자도 원래의 여자를 아직 좋아하고 있는 거지. 아무튼 결론은 남자도 원래 사귀던 여자도 둘이 서로 좋아하고 있다는 거야. 장선, 그거 끝까지 읽지 않아도 상관없을 거 같다. 내용이 뻔하잖아. 결국은 새로운 여자가 패자가 돼. 사랑 이야기는 90퍼센트 이상 결말이 그래. 중간에 독자들 애태우려고 원래의 여자를 엄청 고생시키겠지. 아, 10퍼센트 정도는 다른 결말을 내기도 하는데 슬픈 결말이지. 원래의 여자가 죽어."

"뭐?"

"원래의 여자가 죽는다고. 아 참, 장선, 운동화 어디서 산 거야?"

정이가 다리 흔드는 걸 멈추고 벌떡 일어났다.

"우리 반 아이가 그러는데 그 운동화 사면 끈을 두 개 준다던데? 하얀색과 검은색. 그런데 왜 하나밖에 없어. 다랑 쇼핑센터에서 샀냐?"

정이는 당장 끈 하나를 더 받아오겠다고 집에서 나갔다.

방으로 들어와 주머니에서 키링을 꺼냈다. 생쥐 캐릭터였다. 나는 인터넷 검색을 했다.

"한정판? 이거 실화야?"

외국의 베스트셀러 동화 주인공인 생쥐 키링인데 한정판으로 50개를 만들어 팔았다고 한다. 생쥐를 사려고 새벽부터 줄 서 있는 사람들 사진도 올라와 있었다.

'태후나 서랑이 둘 중 한 명이 밤새 줄을 서서 산 거네?'

나는 키링을 뚫어져라 바라봤다. 뭔가 생각날 듯 말 듯 했다.

교실로 들어서는 순간 캄캄하던 머릿속에 불이 들어온 듯 환해졌다. 키링을 어떻게 할 건지 밤새도록 생각해도 좋은 생각이 떠오르지 않았었다. 그런데 게시판에 붙은 안내문을 읽는 순간 키링의 사용설명서를 읽는 듯했다.

> [현진중학교 오프라인 중고 마켓]
> 내게는 필요 없어도 다른 이에게는 요긴하게 쓰일 수 있습니다.(시험 때문에 각 반에서 작은 행사로 진행합니다.)
> 일시 : 0000년 0월 0일 목요일
> 장소 : 각 반 교실

"당장 내일이야? 학교 전통이라 어쩔 수 없이 하는 표가 나도 너무 난다. 차라리 때려치우지."

"넣을 거나 살 거는 있고? 쓰레기통을 뒤져도 우리 학교 중고 마켓에 나오는 물건보다 더 나을걸? 샘들이라고 생각이 없겠냐? 시간 낭비해 가며 그런 거 하고 싶겠어? 전통이 니까 어쩔 수 없이 하는 거지. 처음 저거 시작했을 때 완전 대성황을 이뤘고 그 덕에 우리 학교가 대통령상까지 받았다잖아? 함부로 때려치웠다가는 욕먹으니까 어쩔 수 없이 하는 거지. 미리 공지도 하지 않고 하루 전에 알려주는 것만 봐도 중고 마켓이 학교에서 어떤 취급을 받는지 알 수 있지."

아이들은 별 관심이 없어 보였다.

나는 주머니 속 키링을 만지작거렸다.

목요일이면 내일이다. 중고 마켓에 내놓을 물건들은 내일 아침까지 '중고사랑 지구사랑' 통에 넣어 두기로 했다. 큰 종이 박스가 '중고사랑 지구사랑' 이름표를 달고 교실 뒤편에 자리 잡았다.

아이들은 오며 가며 '중고사랑 지구사랑' 박스에 뭔가 던져 넣었다. 박스는 점점 채워져 갔다.

서랑이는 온종일 고개를 들지 않았다. 태후가 그런 서랑이를 가끔 바라봤다. 정이 말이 맞다면 태후도 서랑이를 좋아하고 있는 거다. 운동화의 어떤 힘 때문에 자기 의지대로 움직이지 못할 뿐.

"태후야, 진짜 장선이랑 사귀냐?"

율이가 그 말을 꺼냈다가 수진이한테 욕을 제대로 얻어먹었다.

"남의 일에 그렇게도 참견이 하고 싶냐? 남이야 사귀거나 말거나. 그리고 율아, 너도 좋아하는 아이가 있으면 당당히 고백해. 매일 주변만 뱅글뱅글 돌며 딴소리하지 말고. 하도 뱅뱅 도니까 나까지 어지럽다. 돌지 마. 알았어?"

"조 좋아하긴 내 내가 누 누굴 좋아해?"

율이는 그 후로 입을 다물었다.

'나는 끝까지 갈 거야.'

지금 내 목표는 하나다. 서랑이에게 받았던 모든 것을 그대로 돌려주는 것, 아니 내가 받았던 것보다 훨씬 더 많이 보태서 주는 것. 태후와 서랑이의 마음 따위는 내가 상관할 바 아니다.

벌사장은 오늘도 예민 상태였다. 얼굴은 핼쑥하다 못해 초췌했다.

"밥은 먹었어요?"

나는 진심으로 걱정이 되었다.

"죽을 때까지 수십 년을 날마다 먹는 밥, 몇 끼 안 먹는다고 큰일이야 나겠냐? 휴우."

벌사장이 땅이 꺼져라 한숨을 쉬었다. 예민한 와중에도 선크림은 열심히 바르는지 얼굴이 번들거렸다. 그럼에도 불구하고 점을 뺀 부분의 거무튀튀한 색은 더 짙어지고 또렷해졌다. 곧 원래대로 돌아올 것 같았다.

"곧 해결날 거야. 결정을 할 거라고. 지금은 이렇게 고통스럽지만 어떤 방향으로든 결정을 하고 나면 편안해지겠지."

벌사장이 밖을 내다봤다. 이제는 육십 대가 아니라 칠십 대로 보인다는 말이 목을 넘어오려고 했다. 나는 겨우 그 말을 삼켰다.

"사랑의 결말은 둘 중 하나래요. 그런데 희망적인 것은 90퍼센트가 해피엔딩이라네요. 재수 없이 10퍼센트 안에 들 수도 있지만. 설마 사장님이 그 정도로 재수가 없겠어요? 제발 뭐라도 먹어요."

나는 냉장고를 열었다. 냉장고 안이 휑했다.

"그동안의 나는 늘 10퍼센트 안에 들었던 거 같다. 사랑이 아니라 다른 일에도 말이다. 태어나는 순간부터 그랬지. 이 얼굴은 10퍼센트 안에 드는 얼굴이었지."

벌사장이 유리문 밖으로 보이는 하늘을 바라봤다. 벌사장 눈에서 반짝 빛이 났다. 벌사장이 말하는 10퍼센트는 잘생긴 남자 10퍼센트가 아니라는 것을 안다. 지금 벌사장 마음을 이해하고도 남았다.

"외모는 별거 아니라면서요?"

"늘 그런 생각을 하고 살았지. 그리고 그런 마인드로 지금까지 잘 살아냈어. 내가 이렇게 고민하게 될 줄은 꿈에도 몰랐단다."

말을 하는 벌사장이 한없이 쓸쓸해 보였다.

"짜장면이라도 시켜 줘요? 먹어야 기운이 나고 기운이 나면 슬픈 마음도 좀 사라지거든요."

"왜 하필 짜장면이냐? 너도 내 얼굴이 거무튀튀하다고 놀리는 거냐?"

"예? 아 아니에요, 그럴 리가요."

벌사장의 예민 수치는 최고조였다. 나는 얼른 배달할 운동화 봉지들을 들고 나왔다.

"빨리 결정하자."

뒤통수로 벌사장의 중얼거림이 흩어져 내렸다.

나는 세탁소에서 조금 떨어진 곳에서 걸음을 멈췄다. 벌사장이 한없이 가여웠다.

'벌사장은 누군가를 사랑하고 있어. 그리고 그 누군가는 외모를 중요시 여기는 사람일 거야. 벌사장은 지금 자존심이 상할 정도로 무시를 받고 있는 거야. 머리로는 이런 짝사랑 당장 때려치우자고 하면서도 가슴이 그걸 못 하는 거지. 에고, 얼마나 힘들까. 서랑이에 대한 복수가 끝나고 나면 이 운동화를 신으라고 할까? 신나게 복수 한번 해 보라고?'

나는 곧 고개를 저었다. 그런 위험한 사랑에 이 운동화까지 동원되면 안 될 것 같았다. 그러면 그야말로 피비린내가 진동하는 난장판이 될 수도 있다. 그리고 이 운동화는 벌사장 발에 들어가지도 않는다.

한 바퀴 돌고 왔을 때 벌사장은 외출복으로 갈아입고 있었다. 외출복으로 갈아입으니까 10년은 더 늙어 보였다. 옷 좀 사 입으라고, 패션이 그게 뭐냐고 한마디 하려다가 그만두었다.

"퇴근 시간 되면 문 잠그고 가."

"어디 가는데요?"

문을 잠그고 가라니, 이런 일은 처음이었다.

"결정을 해야 한다고 했잖아."

벌사장은 어깨를 늘어뜨린 채 돌아섰다.

"사장님, 성질 나도 성질대로 하지 말아요. 세상은 내 성질대로 사는 게 아니래요. 내 성질대로 살면 데굴데굴 굴러가야 할 세상이 여기저기 부딪치느라 굴러가질 못한대요. 지혜로운 어른들이 남긴 명언이에요."

벌사장이 큰일을 저지를 사람은 아니라는 생각은 들지만

걱정이었다.

벌사장이 돌아봤다.

"단도직입적으로 말할게요. 저는 사장님이 스토커일까 봐 걱정이 돼요."

혹시라도 벌사장이 나쁜 마음을 먹고 있다면 내 말을 듣고 마음을 바꿔 줬으면 하는 바람이었다. 진심이다.

"별걱정을 다 하네."

벌사장은 총총걸음으로 주차되어 있는 자동차로 다가갔다. 나는 벌사장 자동차가 모퉁이를 돌아서서 보이지 않을 때가 되어서야 긴 숨을 내쉬었다.

퇴근 시간이 지나고 나서도 한참을 세탁소 안을 서성거리다 집으로 돌아왔다.

"장선!"

현관문을 열자마자 정이가 내 앞에 뭔가를 흔들어 댔다.

"이게 뭔지 알지? 네가 나한테 사 준 운동화 매장에서 받아온 운동화 끈이야. 오늘 받으러 오라고 해서 갔는데 미안하다면서 두 개를 주지 뭐냐? 한 개는 우리 반 중고 마켓에 내놓으려고."

"야, 그걸 말이라고 하냐? 그걸 내놓으면 애들이 뭐라고 하겠어? 아무리 학교에서도 포기한 중고 마켓이지만 그건 아니라고 본다."

"혹시 알아? 필요한 아이가 있을지. 이거 새거잖아? 헌 운동화라도 끈이 깨끗하면 새 운동화로 보이는 마법이 일어나거든. 이런 끈이 있었으면 좋겠다고 생각하는 아이가 있을 수도 있잖아? 만약 선이 네가 운동화를 사 주지 않았다면 말이야. 중고 마켓에서 이런 끈이 나오잖아? 그럼 나는 당장 살 거야."

정이는 지퍼백에 운동화 끈을 얌전히 넣었다.

"너는 어떻게 모든 걸 긍정적으로 생각하냐? 창피당할 수도 있잖아? 나는 너랑 쌍둥이야. 네가 창피당하는 거 내가 당하는 거처럼 싫다고. 너도 저번에 서랑이가 무시하는 눈빛을 날렸다고 열받아 했잖아? 태후 좋아하지 말라고 소리 빽빽 질렀잖아?"

"그거하고 이거하고 같냐? 그건 서랑이가 나빴던 거야."

정이는 운동화 끈이 든 지퍼백을 가방에 넣었다. 학교의 전통인 중고 마켓이 망해 가니 별게 다 나온다는 소리나 듣게 될 거다.

"정아, 너는 진심으로 괜찮아?"

나는 정이를 바라봤다.

"어떤 때 너를 보며 문득 그런 생각이 들 때가 있거든. 네가 너무 바보같이 긍정적일 때 현실에서 벗어나고 싶어서 일부러 저러는 건가?"

"내가 왜 현실을 벗어나고 싶어 해? 나는 그런 생각 해 본 적 없어."

정이가 어깨를 으쓱여보였다.

"그럼 다행이고."

"선이 너는 현실에서 벗어나고 싶은 생각 해?"

나는 정이 말에 대답하지 않았다.

자려고 누웠는데 잠이 오지 않았다. 내일 일어날 일을 상상하면 할수록 정신은 맑아졌다. 나는 거의 밤을 꼬박 샜다.

키링 사용설명서

날이 밝기 전에 집에서 나왔다. 새벽 공기는 축축했다. 한 바탕 비가 쏟아질 것 같았다. 학교에 도착하기도 전에 빗방울이 후드득 떨어졌다. 가방을 머리에 이려는 순간이었다.

"일찍 가네."

누군가 뒤에서 우산을 받쳐 주었다. 수진이었다.

"나는 밤마다 일기예보 확인하거든. 오늘 비 예보가 있었어."

좍좍좍.

한순간 거짓말처럼 빗줄기가 굵어졌다. 수진이가 내 옆에 바짝 붙어 섰다. 수진이와 한 우산을 쓰고 걷는 건 불편했다.

"공부하려고 일찍 가는 거야?"

나는 불편한 공기를 깨려고 말을 걸었다.

"응. 아침이 집중력 최고거든. 나는 매일 이 시간에 학교에 가. 그런데 너는 오늘 웬일이야? 단 한 번도 이 시간에 학교에 온 적 없잖아?"

"응? 으응, 잠 잠이 안 와서."

핑계나 변명치고는 웃겼다. 내가 언제부터 학교와 친했다고. 수진이도 알고 있을 거다. 내 성적을. 그런 성적의 아이가 잠이 안 온다고 학교로 달려온다면 그 말을 믿을까?

"웃기지? 공부도 못하는데 그런 핑계를 대서. 내가 꼭 학교를 좋아하는 거처럼 말했네."

이상하게 수진이한테는 이런 말을 하는 게 괜찮았다.

"공부를 잘하는 아이들도 다 학교를 좋아하는 건 아니야."

수진이가 웃었다.

"어제 수학 동아리 모임 했어?"

공부를 잘하는 아이들이라는 말을 듣는 순간 나도 모르게 물었다.

"응. 했어. 그런데 어제 수학 동아리 모임 있었던 거 어떻게 알았니? 아하, 태후가 말했구나."

나는 아차 싶어서 수진이를 힐끗 바라봤다. 태후와 손을 잡고 있었던 그 일에 대해 물어보면 뭐라고 대답할까, 머릿

속이 바빠졌다.

수진이는 더 이상 아무 말도 하지 않았다.

수진이는 가방을 자리에 놓고 체육복을 들고 화장실로 갔다. 나는 그 틈에 키링을 '중고사랑 지구사랑' 박스에 넣었다.

수진이는 체육복으로 갈아입고 교실로 돌아왔다.

"아침 먹었어?"

수진이가 가방에서 뭔가를 꺼내며 물었다. 그러고는 대답도 듣지 않고 내 책상 위에 포일에 싼 뭔가를 내려놨다.

"토스트야. 집에서 나오기 직전에 구운 거라 아직 따뜻해. 다른 날에는 한 개만 구워 오는데 오늘은 어쩐지 두 개를 구워 오고 싶더라. 너 주려고 그런 거 같아. 먹어. 맛은 보장 못하지만 따뜻해서 좋을 거야."

수진이는 토스트를 주고는 자리로 가서 책에 코를 박았다.

맛은 보장하지 못한다더니 토스트 맛은 정말 별로였다. 빵을 버터에 굽기만 해도 신비로울 정도로 고소한 맛을 낼 수 있는 토스트를 이런 맛이 나게 구울 수도 있다니 놀라웠다.

'우리 엄마보다 더 솜씨가 꽝인 어른도 다 있군.'

하지만 수진이 말대로 따뜻해서 좋았다.

아이들이 교실로 들어오며 '중고사랑 지구사랑' 박스에 뭘 하나씩 던져 넣었다.

"내가 이번 중고 마켓 사장직을 맡게 되었어."

수업을 시작하기 직전 율이가 '중고사랑 지구사랑' 박스 뚜껑을 열었다.

"누가 율이 너한테 사장직을 줬냐? 우리는 금시초문인데?"

누군가 말했다.

"우리 반 회장인 수진이가 오늘 중고 마켓 사장 자리를 나한테 위임했어. 내가 어제 오후에 공연히 사고 치는 바람에 코가 꿰었지. 설마 이런 골치 아픈 자리가 탐나서 맡았겠냐? 계산해야지, 나중에 남은 물건 정리해서 처리해야지, 생각만 해도 벌써부터 골치가 아프다. 아, 귀찮아."

율이가 툴툴거렸다.

"야, 말 나온 김에 너네들한테 물어보자."

율이가 교실 뒤로 가더니 휴지통을 뒤졌다. 율이 손에 이끌려 나온 건 깨진 항아리 조각이었다.

"이게 비싸 보이냐?"

율이가 조각을 흔들었다.

"내가 어제 집에 가려다 보니 뭐가 교실 바닥에 떨어져 있었어. 청소도 끝냈는데 그런 게 보이면 당장 치워야 되잖아. 집어서 휴지통에 던진다는 게 그만 '중고사랑 지구사랑' 박스로 들어갔지 뭐냐? 수진이가 요러고 쳐다보더라? 어쩌겠어. 쓰레기를 꺼내려고 '중고사랑 지구사랑' 박스를 뒤집어 엎었는데 뭔가 바닥에 떨어지며 박살이 난 거야. 수진이가 중고 마켓에 내놓은 물건이었는데, 아휴, 난리도 그런 난리가 없었어. 이게 비싸 보이냐?"

"말을 하려면 똑바로 해라. 내가 언제 비싼 거라고 했니? 예전에 암행어사를 했던 분이 쓰던 붓통인데 그걸 연필통으로 쓰면 공부를 못하는 아이도 공부를 잘하게 된다는 설이 있는 아주 소중한 거라고 했지. 내가 큰맘 먹고 내놓은 건데 네가 박살냈잖아. 고로 나는 김새서 이번 행사 진행 못 하겠고 그럼 당연히 네가 해야지."

수진이는 여전히 책에 코를 박고 말했다.

"으이구, 알았다, 알았어. 그런 대단한 물건을 왜 중고 마켓에 내놔? 저나 연필통으로 계속 쓸 일이지. 그럼 혹시 알아? 서울대에 수석 합격하고 그것도 모자라 하버드도 갈지. 야, 이 물건들 다 정리해서 가격표랑 같이 사물함 위에 전시할 거니까 보고 필요한 거 있으면 사. 가격은 내가 보고 대충 정한다. 토 달지 마. 그리고 현금만 받을 거다. 물물교환 같은 거 없으니까 입 아프게 하지 마."

율이는 교실 뒤에 돗자리를 깔고 '중고사랑 지구사랑' 박스에서 나온 물건들을 정리했다.

"어! 이게 뭐냐?"

율이가 중얼거렸다. 작은 목소리였지만 상당히 크게 놀란 외침이었다. 아이들이 모두 율이를 바라봤다. 율이가 키링을 흔들고 있었다. 태후와 서랑이가 동시에 일어났다.

"뭐야? 되게 예쁘고 귀엽네. 그거 내가 찜!"

누군가 소리쳤다.

"저거 한정판인데? 나도 사려다 못 산 거임. 와, 대박! 저건 경매로 붙여야 해."

또 다른 누군가 외쳤다.

"야, 야. 가만있어."

율이가 키링을 뚫어지게 살펴봤다.

"이건 사장의 권한으로 일단 판매 보류."

율이가 키링을 주머니에 넣었다.

"그런 게 어디 있어?"

"맞아, 그런 게 어디 있어? 중고 마켓에 나온 물건을 율이네가 가지면 그건 횡령이야. 횡령이 뭔지 알지?"

아이들이 아우성이었다. 율이는 어쩔 수 없이 주머니에서 키링을 꺼냈다. 그때 서랑이가 율이에게 다가갔다.

"그거 줘 봐."

서랑이가 율이에게 손을 내밀자 아이들이 또 아우성이었
다. 그걸 왜 보자고 하냐, 이따 마켓 진열이 끝난 다음에 봐
라. 하지만 서랑이는 율이가 들고 있는 키링을 낚아채듯 빼
앗았다. 그러고는 키링을 돌려가며 이리저리 살폈다. 서랑이
얼굴이 서서히 찌그러졌다.

"야아아아아아!"

서랑이가 허공을 향해 소리쳤다. 사자가 포효하듯. 아이
들은 놀라서 약속이나 한 듯 입을 떡 벌리고 서랑이를 바라
봤다.

"어떻게 이럴 수가 있어? 어떻게!"

서랑이 뺨으로 눈물이 철철 흘렀다. 순식간에 눈물이 저
렇게 쏟아질 수 있다는 게 믿을 수 없었다. 서랑이가 태후를
향해 성큼성큼 걸어갔다. 서랑이는 키링을 태후에게 던졌다.
키링은 태후 코를 맞히고 교실 바닥에 떨어졌다.

"저걸 어떻게 중고 마켓에 내놓을 수가 있어?"

서랑이가 태후를 쏘아봤다. 목소리가 달달 떨렸다.

"아 아 아……."

"네가 저기에 넣은 건."

태후가 뭐라고 변명이라도 하려는데 서랑이가 태후 말을
자르고 '중고사랑 지구사랑' 박스를 가리키며 소리쳤다.

"내 마음이야. 내가 너랑 나랑 사귀게 된 기념으로 키링을 두 개 사려고 얼마나 노력했는지 알아? 한 사람 앞에 하나씩 밖에 팔지 않아서 우리 엄마까지 동원해서 밤을 샜다고. 그런데 어떻게 쓰레기통에 처넣을 수가 있어? 그렇게 싫었음 나한테 돌려주었으면 되었잖아!"

서랑이가 두 주먹을 불끈 쥐었다.

"야, 쓰레기통이 아니라 '중고사랑 지구사랑' 박스지."

누군가 말하는 순간 율이가 소리쳤다.

"조용히 해. 쓰레기통하고 뭐가 달라? 학교 전체가 쓰레기통 취급하고 있는데. 태후 너 그러면 안 되지."

태후는 당황해했다. 가방을 뒤지기도 하고 가방끈을 살펴보기도 했다.

"에이, 태후 네가 심했네. 사람이 만날 때보다 헤어질 때가 더 중요하다는 연애의 철칙도 모르냐? 뒷모습이 아름다워야 하는 법이야. 머물다 간 자리가 아름다운 사람이 진짜 아름다운 사람인 거야."

"그건 화장실에 붙어 있는 말 같은데?"

아이들이 웅성거렸다. 그때였다.

"그거 내 거 아닐 거야. 나는 그걸 거기에 넣은 적 없어."

태후가 고개를 세차게 저었다. 서랑이가 교실 바닥에 떨어진 키링을 주워 들었다.

"여기, 여기에 파란색으로 'T'라고 쓰여 있잖아. 내 거에는 분홍색으로 'S'가 쓰여 있고. 네가 쓰고도 발뺌이야? 필적 조사해 볼까?"

서랑이는 여전히 눈물을 철철 흘리며 말했다.

"야, 비열하게 굴지 말고 이쯤 되었으면 진실을 말하고 사과라도 해야 하는 거 아니냐?"

율이가 꼭 자기 일처럼 흥분했다.

나는 어쩔 줄 몰라 하는 태후를 물끄러미 바라봤다.

"하필이면 왜 장선이야? 자존심 상하게."

그때 서랑이가 악을 썼다.

"짜증 나. 왜 하필 장선이냐고!"

서랑이가 태후에게 달려들어 태후 뒤통수를 갈겼다.

'왜 하필 장선이냐고?'

이 말을 듣는 순간 정수리 쪽으로 뜨거운 것이 치솟았다. 가슴에서는 세찬 파도가 쳤다. 파도가 아니라 해일이었다.

악을 바락바락 쓰던 서랑이는 교실에서 뛰쳐나갔다.

"오서랑."

율이가 서랑이를 따라갔다.

얼마 후 운동장을 가로질러 빗속을 뛰어가는 서랑이가 보였다. 우산도 없이 죽죽 내리는 비를 맞고 뛰었다. 율이는 교문 앞에서 서랑이를 따라가는 걸 포기하고 돌아왔다.

서랑이는 돌아오지 않았다. 담임이 서랑이를 찾았고 수진이가 아침에 있었던 일을 설명했다.

하루 종일 비가 내렸다. 폭우였다. 서랑이가 없는 서랑이 자리에는 가방만 덩그러니 놓여 있었다.

"서랑이 집 아는 사람? 가방은 가져다주어야 할 텐데."

수업이 끝나고 율이가 물었다. 서랑이네 집을 아는 아이는 아무도 없었다. 태후조차도 몰랐다.

중고 마켓이 열렸지만 키링은 판매대 위에 올라가지 않았다. 율이가 보관한다고 했다.

오늘 세탁소는 한가했다. 수거할 운동화는 없었고 두 곳에 배달만 다녀왔다. 오후 내내 세상이 깨질 듯 천둥이 쳤고 세상을 쓸어 내려갈 듯 비가 퍼부었다.

벌사장은 말이 없었다. 어제 나갔던 일은 어떻게 되었냐고 예의상 묻기라도 해야겠지만 말을 건넬 분위기가 아니었다.

내가 간절히 원하는 것

아침 일찍 학교에 갔다. 어제에 이어 오늘도 폭우였다.

수진이가 책에 코를 박고 있었고 서랑이 자리에는 서랑이 가방이 놓여 있었다. 서랑이가 벌써 학교에 올 리는 없었다. 수진이는 기척을 느끼지 못했는지 책에서 눈을 떼지 않았다. 수진이의 책상에 빈 포일이 놓여 있었다.

나는 교실 뒤편 사물함 위를 바라봤다. 어제 펼쳐졌던 물건들은 깨끗이 정리되었고 사물함 위는 비어 있었다. 단 하루를 끝으로 중고 마켓은 문을 닫았다.

"어제 봤어."

수진이가 여전히 책에 코를 박고 말했다.

"그 키링 말이야."

순간 뭔가 뒷머리를 가격하고 지나간 듯 머리가 멍했다.

"아니라는 둥 뭐 그런 변명은 하지 마. 똑똑히 봤으니까. 어제 서랑이가 돌아왔다면 그냥 모른 척하려고 했어. 서랑이가 전화도 받지 않는다고 담임이 걱정하더라고. 남의 일에 관심도 없고 참견하고 싶지도 않은데 그냥 지나칠 수가 없어. 궁금해서 물어보는데 태후와 서랑이가 사귀는 기념으로 사서 나눠 가진 키링을 왜 네가 갖고 있었어? 태후가 너한테 주지는 않았을 테고."

수진이가 고개를 들었다.

"아, 질문을 이렇게 하면 오해의 소지가 있겠다. 꼭 네가 훔친 거 같은 뉘앙스가 풍기잖아? 나는 네가 그랬을 거라고는 생각하지 않아."

"주웠어."

이 말은 사실이다. 표정만으로는 수진이가 내 말을 믿는지 믿지 않는지 짐작조차 되지 않았다.

"주운 걸 내가 가질 수도 없고 그래서 중고 마켓 박스에 넣은 거야."

"어디서 주웠는데?"

수진이가 턱 치고 들어왔다. 잠시 생각이 필요했다.

"어디서 주웠느냐고."

"보 복도."

"우리 교실 복도?"

"응……."

턱턱 치고 들어오는 통에 당황스러웠다.

"언제?"

숨이 막혔다.

"어제."

"그럼 주인을 찾아줬어야지. 주운 걸 중고 마켓에 내놓으면 안 되지. 아무튼 알았어."

수진이는 다시 책으로 눈을 돌렸다. 궁금증을 해결했으니 이제 참견을 접고 관심을 끄겠다는 말인지 다른 생각이 있는 건지 알 수가 없었다.

"그런데 있잖아."

수진이가 다시 고개를 들고 물었다.

"너, 태후 좋아하니? 좋아하는 거 맞아?"

나는 수진이 질문에 대답하지 못했다. 수진이는 서랑이와 내가 복도에서 했던 말을 처음부터 끝까지 다 들은 걸까?

"내가 태후에 대해 다 아는 건 아닌데 대충은 알거든……."

수진이는 무슨 말인가 더 하려다 말았다.

아이들이 하나둘 들어오기 시작했다. 교실로 들어온 아이들은 하나같이 내 눈치를 보며 태후의 빈자리도 힐끗거렸다.

수업이 시작되어도 태후가 오지 않았다. 태후는 3교시가 끝나고 나서야 나타났다. 비를 흠뻑 맞은 채였다.

5교시가 끝나고 태후가 율이에게 다가갔다. 나는 그쪽을 향해 귀를 기울였다.

"키링 줘."

태후가 율이 앞으로 손을 내밀었다.

"왜?"

율이가 어깨를 으쓱이며 물었다.

"내 거잖아."

"네 거는 맞는데 너한테 주면 서랑이가 싫어할 거 같아. 배신한 놈한테 다시 주길 바라지 않을걸? 그리고 장선도 싫어할걸? 일단 내가 갖고 있을게. 서랑이가 오면 어떻게 처리할 건지 물어보고 결정하자. 어제 검색해 봤더니 이거 되게 비싼 거더라. 이 캐릭터가 유명한데 누구도 저작권 때문에 캐릭터를 쓰지 못했대. 그런데 이 키링을 만든 회사에만 캐릭터 사용을 허락했지. 고급 그릇에 캐릭터를 넣었는데 한번씩 한정판을 만들면서 인기가 더 올라갔고 키링도 한정판으로 만든 거더라고. 서랑이가 돈 모으느라고 고생했겠더라. 아무튼 지금은 너한테 못 넘겨."

율이는 고개를 세차게 저었다.

태후는 몇 번 더 달라고 말했지만 율이는 들은 척도 하지 않았다.

비는 멈추지 않았다. 서랑이 가방은 온종일 서랑이 자리에 덩그러니 놓여 있었다. 수업이 끝나고 태후는 도망치듯 교실에서 나갔다. 얼마 후 창문 너머로 태후가 보였다. 허둥지둥 달려가는 모습이었다. 가슴 한쪽이 아릿했다. 태후는 피해자다. 나의 복수에 동원된 피해자.

'아.'

태후가 피해자라는 생각을 할 때였다. 내가 간절히 바랐던 게 뭔지 떠올랐다. 서랑이가 폭삭 망하는 거였다. 나는 서랑이한테 당할 때마다 그런 생각을 간절하게 했었다. 지금 모든 일은 내가 원하는 방향으로 순조롭게 진행되는 중이다. 태후가 내 복수에 동원된 도구 역할을 한다는 게 마음 아프긴 했다. 며칠 지켜본 태후는 좋은 아이다.

'그래도 난 멈추지 않아.'

나는 고개를 저었다.

앞도 분간할 수 없을 만큼 비가 쏟아졌다.

"요즘은 학교 마치자마자 곧바로 오는 거 재미 들렸나 보네? 집에 가서 간식도 먹고 옷도 갈아입고 오지 그러냐?"

세탁소에 들어서자 허공을 쳐다보고 있던 벌사장이 고개를 돌리고 말했다.

"사장이 다른 데 정신이 팔려 있으니 알바라도 신경을 쓰고 열심히 일해야지요."

나는 벌사장 표정을 살폈다. 어제보다 좀 나아진 듯했지만 밝은 얼굴은 아니었다.

"다음 주나 다다음 주에 직원이 돌아온다니까 그때까지만 고생해라. 이 폭우에 좀 미안하긴 한데 한 바퀴만 돌고 오자."

벌사장은 메모지를 내밀었다. 비스타혁신에도 수거할 운동화가 있었다.

"제가 뭐 공짜로 해요? 돈 받고 하는 일인데 미안하실 필요 없어요."

비스타혁신 아파트로 가면서 갈등했다. 태후 집에 잠깐 가볼까? 비스타혁신 아파트를 돌며 운동화를 모두 수거할 때까지 내 갈등은 계속되었다. 갈등은 아파트 단지 안에서 태후를 만나면서 끝났다. 태후가 가방을 메고 202동에서 나오고 있었다. 학원에 가는 모양이었다. 나는 태후에게 천천히 다가갔다.

"장선."

태후가 나를 보더니 핼쑥한 얼굴로 웃었다.

"우리 아파트에 벌사장 세탁소 고객 되게 많은가 봐. 세탁할 운동화는 다 수거한 거야?"

태후가 내가 들고 있는 운동화 봉투를 보고 물었다.

"응. 오늘은 몇 켤레 안 돼."

태후가 잠시 머뭇거리는 듯하다 말했다.

"잠깐 시간 되지? 나도 시간 좀 되는데 아파트 상가에 만두집 새로 생겼거든. 되게 맛있어. 만두 먹자. 이렇게 비 오는 날에는 따끈따끈한 만두가 최고야."

태후는 김이 폴폴 나는 만두 하나를 내 앞접시에 놓고 가위로 먹기 좋게 나눠 주었다. 나는 만두를 먹는 태후를 바라봤다. 얼굴이 삼 분의 일로 쪼그라들어 있었다.

"왜? 내 얼굴에 뭐 묻었어?"

태후가 나를 바라봤다.

"응? 아 아니야. 뭐 좀 물어볼게."

태후가 고개를 끄덕였다.

"너, 나 좋아해?"

태후가 만두 씹는 걸 멈추고 나를 바라봤다.

"좋아하니까 사귀자고 했겠지. 내가 먼저 사귀자고 했잖아."

사귀자고 했겠지? 사귀자고 했지, 이렇게 말해야 하는 거 아닌가? 좋아하면 말이다. 그때였다. 만두집으로 들어오던 수진이와 눈이 마주쳤다. 내 표정이 이상한 걸 느꼈는지 태후가 고개를 돌렸다. 수진이를 본 태후 얼굴에 당황한 기색이 역력했다.

"아 안녕. 마 마 만두 사러 왔어?"

태후가 물었다.

"응. 할머니가 드시고 싶다고 해서."

수진이는 김치만두 하나를 주문하고는 일인용 탁자에 앉아 휴대폰을 바라봤다. 그리고 만두가 나오자 이쪽으로는 눈길도 주지 않고 만두집을 나갔다.

태후와 나 사이에 무거운 공기가 내려앉았다. 수진이한테는 너무 자주 들키는 것 같았다.

"수진이 할머니가 요즘 편찮으시대. 수진이 할머니랑 둘이 살거든. 수진이가 할머니가 하던 일까지 하면서 할머니를 돌봐드려야 한대. 힘들 거 같아."

태후가 무거운 공기를 깨고 말했다.

"예전에는 수진이 아빠도 같이 살았었거든. 그런데 어느 날 수진이가 그러더라고. 할머니와 둘이만 살게 되었다고."

태후는 연이어 말했다. 엊그제 수진이가 줬던 토스트를 떠올렸다. 수진이가 만든 토스트였구나.

몰랐다.

수진이는 모든 게 1등급인 줄 알았다. 나는 약간 충격을 받았다. 태후는 운동화가 무거울 거라면서 세탁소까지 들어다줬다.

"생각보다 훨씬 더 친해진 거 같은데? 사귀냐?"

벌사장이 물었다.

"내가 사람은 잘 보는 편이야. 비스타혁신을 처음 보는 순간 참 괜찮은 놈이라고 여겼었지. 너랑 비스타혁신을 보면 희망이 보인다."

뭔소리람.

"결정은 했어요? 큰 결심 하고 나갔잖아요?"

벌사장 표정이 괜찮아 보여서 물었다.

"아직. 자, 이거 세 켤레 배달이다."

벌사장이 운동화가 든 봉지 세 개를 손에 들려 주었다.

"대체 무슨 사연인지 모르지만 뭘 그렇게 뜸을 들여요? 뜸 들이다가 나중에 죽사발 되겠어요."

"죽사발이라니?"

"아, 몰라요. 그냥 답답해서 하는 말이에요. 사장님이 그러고 있으니까 내가 답답하다고요. 저번처럼 오토바이가 지나가면 소리도 지르고 욕도 하라고요. 철 지난 대중가요 틀어 놓고 일도 하고요."

"오토바이가 지나가야 소리를 지르든지 욕을 하든지 할 거 아니냐?"

부르르웅.

그때 기다렸다는 듯 오토바이가 요란한 소리를 내며 지나갔다. 운전자 한 명만 타고 있었는데 헬멧을 쓰고 있었다.

"욕하고 소리 지를 기회를 주지 않는구나."

벌사장이 말했다.

사고

장마철도 아닌데 툭하면 비가 내렸다,

"오늘은 출근 안 해? 비 와서 노나?"

아빠가 거실에 벌러덩 누워 두 다리를 건들거리며 빨래를 개키고 있는 엄마를 바라봤다.

"그러는 당신은 안 나가?"

"나야 프리랜서니까. 출퇴근이 아주 자유롭지. 나가고 싶으면 나가고 나가기 싫으면 또 말고."

아빠는 늘 저랬다. 나는 단 한 번도 아빠가 아등바등하는 걸 본 적이 없었다.

"그럼 나랑 어디 좀 같이 가자. 아주 좋은 일이야."

엄마는 서둘러 빨래를 마저 개키고 욕실로 들어갔다. 엄마도 늘 그랬다. 어떻게 보면 책임감하고는 거리가 먼 아빠에게 왜 그따위로 사느냐고 물어본 적도 탓한 적도 없었다.

"좋은 일이라, 좋은 일이라. 우리 집이야 늘 좋은 일이 있지만 또 무슨 좋은 일일까? 좋은 일이라고 하니까 아침부터 마음이 설레네."

아빠가 빗으로 빨간 파마머리를 정성스럽게 빗어 넘겼다. 빗으면 빗을수록 더 소쿠리처럼 커졌다.

"아빠."

"음흠?"

기분이 좋은지 대답 소리에 리듬이 실렸다.

"아빠는 한 번도 걱정 같은 거 안 해 봤어?"

나도 모르겠다. 왜 아침부터 갑자기 이런 질문을 하게 되는지. 아빠가 빗질을 멈추고 나를 바라봤다.

"너무 프리하게 일하다가 우리 가족이 굶어죽으면 어쩌나, 딸들이 학교에 다니지 못하면 어쩌나, 이런 걱정."

"에이. 지금 시대가 어느 시대인데 그런 걱정을 해? 요즘 굶어죽는 사람이 어디 있어? 그리고 요즘은 대학교를 가면 그렇게도 장학 제도가 잘되어 있다고 하더라고. 그래도 한 가지 걱정은 늘 해. 우리 가족 아프면 안 되는데, 이런 걱정."

"그 걱정이면 됐지 뭐. 장선, 학교 가자."

정이가 말했다.

나는 정이와 나란히 집에서 나왔다. 태풍이 오는지 비바람이 거셌다. 정이는 운동화를 금쪽처럼 여겼다. 혹시라도 빗물 고인 곳을 밟기라도 할까 봐 사뿐사뿐 걸었다.

"야, 그깟 운동화 내가 하나 더 사 줄게. 그냥 꽉꽉 걸어. 그게 뭐냐? 이렇게 걸으라고. 으악."

나는 성큼성큼 걷는 시늉을 하다 빗물 고인 곳에 빠지고 말았다. 운동화 안으로 물이 들어왔다.

"젖었지? 어떻게 하냐?"

정이가 걱정했다. 괜찮다고 대답하기에는 빗물이 들어와도 너무 많이 들어왔다.

"명품도 별수 없네."

운동화를 한 짝씩 벗어 물을 털어낼 때였다. 정이가 내 팔을 쳤다.

"저기 봐."

정이가 턱으로 앞을 가리켰다.

저만큼 빗속에 태후와 서랑이가 마주 보고 서 있었다. 비바람에 우산이 이리저리 흔들렸다.

"저기 서서 뭐 하냐? 싸우나? 야, 장선. 쟤들 둘이 싸우는 거 같아."

정이 말이 떨어지기 무섭게 서랑이가 들고 있던 우산을 내던졌다. 태후가 얼른 서랑이 우산을 집으려고 했지만 어림 없었다. 우산은 길 건너편으로 날아가 버렸다. 태후가 서랑이에게 우산을 씌워 주려고 했지만 서랑이는 뿌리쳤다.

서랑이가 태후에게 대들었다. 까치발을 하고 대들다 태후를 때리기도 했다.

"와, 저 성질머리. 폭력 행사. 폭력은 안 돼."

정이가 중얼거렸다.

"말려야 하나? 말려야겠지?"

정이가 고개를 돌려 나를 바라보며 말한 바로 그 순간이었다. 태후에게 대들던 서랑이가 중심을 잡지 못하고 비틀거렸다. 태후가 서랑이를 잡으려고 하자 서랑이는 태후 손을 뿌리치고 앞을 향해 달렸다. 도로였다.

"어어어어어어. 차차차차차차."

정이가 팔을 휘저으며 소리쳤다. 서랑이를 향해 승합차가 달려들고 있었다. 태후가 도로로 뛰어들었다.

"아아아 저저저저저저, 어 어 어떻게 해!"

정이가 우산을 내던지고 두 손을 모아 쥐며 팔짝팔짝 뛰었다.

멈춘 승합차에서 운전자가 내렸다. 비는 더 쏟아졌고 빗줄기에 앞이 보이지 않았다.

나는 우산을 내려놨다. 우산은 순식간에 바람을 타고 날아갔다. 순간 세상이 멈추었다. 빗소리도 들리지 않았다. 온몸에 빗물이 흐르는데도 아무런 느낌이 없었다.

얼마 후 빗줄기가 가늘어지며 앞이 보였다. 승합차 때문에 태후도 서랑이도 보이지 않았다. 다른 자동차들도 멈춰 서고 사람들이 모여들었다. 우리 학교 교복을 입은 아이들도 있었다. 요란한 소리를 내며 구급차가 달려왔다.

나는 정이 손에 이끌려 그곳으로 갔다. 태후가 들것에 실려 구급차에 태워지고 있었다. 서랑이는 아스팔트 바닥에 퍼질러 앉아 울고 있었다. 구급대원이 서랑이를 달래 구급차에 태웠다.

곧 경찰차가 왔고 모든 것은 순식간에 정리되었다.

아이들이 전화를 했다. 학교 교무실로 전화하는 아이도 있었다. 나는 아스팔트를 살펴봤다. 피는 보이지 않았다.

"피는 흘리지 않았나 봐. 다행이야."

정이가 말했다.

"아니지, 머리를 다치면 피를 흘리지 않는 게 더 위험할 수도 있다고 했어."

정이가 한마디 더했다. 가슴이 쿵쿵 뛰었다. 다른 때는 긍정적이던 애가 오늘따라 왜 저런 식으로 말하는지 원망스러 웠다.

학교는 어수선했다. 태후와 서랑이가 싸우는 걸 봤다는 아이들도 있었고 사고 나는 순간을 정면에서 봤다는 아이들도 있었다.

"태후랑 서랑이가 이거 때문에 싸운 거 맞지?"

율이가 키링을 꺼내 들고 원망스러운 눈빛으로 바라봤다. 키링 속 생쥐가 웃고 있었다. 당근을 갉아먹으며 웃고 있었다. 생쥐의 앞니가 눈에 들어오는 순간 소름이 돋았다. 귀엽기만 하던 생쥐의 웃는 얼굴이 더 이상 귀엽지 않았다. 생쥐 입에서 잘게 부서지는 당근 위로 서랑이와 태후 모습이 겹쳐졌다.

'아니야.'

나는 고개를 세차게 저어 그 모습을 떨쳐냈다.

시간은 천천히 흘렀다. 하루가 백 년인 듯 길었다.

"선생님, 태후랑 서랑이 어떻게 되었어요? 많이 다쳤어요?"

아이들은 수업시간에 들어오는 선생님들에게 물었다. 선생님들은 하나같이 괜찮을 거라고 대답했다. 진짜 괜찮은 거냐고 물어보면 잘 모른다면서 괜찮을 거라는 말을 되뇌었다.

수업이 끝날 무렵이 되자 퍼부어 대던 빗줄기가 주춤해졌다. 구름 사이로 오후 햇살이 살짝 비추기도 했다.

"바쁘니?"

가방을 챙기고 있는데 수진이가 다가와 물었다.

"응. 알바 가야 해."

나는 잘라 말했다. 수진이가 무슨 말을 하려고 하는지 알 것 같았다. 키링에 대해, 태후와 내가 손 잡고 만두 먹던 일에 대해 그리고 복도에서 서랑이와 나눴던 이야기에 대해 궁금한 게 아닐까.

솔직히 말하면 내 마음을 나도 알 수 없었다. 태후와 서랑이가 걱정되는 것 같긴 한데 아닌 것 같기도 했다. 마음이 둘로 분단되어 한쪽은 걱정을 하는 반면 다른 한쪽은 차가웠다. 그러다 분단된 두 마음이 마구 뒤섞였다.

도대체 내가 무슨 생각을 하고 있는지 어떤 마음을 먹고 있는지 알 수가 없었다. 수진이와 어떤 이야기도 나누고 싶지 않았다.

세탁소 가까이 다가가자 음악 소리가 쿵쿵 울렸다. 지나간 대중가요였다. 벌사장이 대중가요을 틀어 놓고 일하고 있었다.

"어서 와라."

벌사장 표정이 한없이 밝았다. 나는 가방을 한쪽에 놓고 배달할 운동화 봉지를 챙겼다.

"왜 그러냐? 무슨 일 있어?"

벌사장이 물었다.

"태후가……."

"비스타혁신이 왜?"

"사고가 났어요."

벌사장 눈이 휘둥그레졌다. 나는 아침에 있었던 일을 벌사장에게 말했다. 그리고 얼마나 다쳤는지 지금 상황은 어떤지 아는 게 없다는 말도 했다.

"많이 다친 게 아니었으면 좋겠다."

벌사장은 걱정했다.

"친한 친구가 사고를 당했는데 일할 수 있겠니? 집중할 수 있겠어? 배달하고 운동화 수거하는 일이 단순 노동인 거 같아도 절대 그렇지가 않거든. 오늘은 내가 다녀올 테니까 너는 집에 가라."

"괜찮아요."

나는 배달할 운동화를 들고 밖으로 나왔다.

배달과 세탁할 운동화 수거까지 모두 마쳤을 때였다. 수진이가 세탁소로 찾아왔다.

"친구냐?"

벌사장이 나와 수진이를 번갈아 보며 물었다.

"예. 선이 친구예요."

수진이가 대답했다.

"친구도 왔는데 그만 퇴근해라."

벌사장이 말하는 순간 벌사장 휴대폰이 울렸다.

"여보세요. 왜 자꾸 전화해? 이미 끝났잖아? 내가 끝내고 왔는데 자꾸 이러지 마. 내가 얼마나 고민한 끝에 내린 결정인 줄 알아? 아니, 나는 마음을 절대 되돌리지 않아. 뭐라고? 이 근처라고? 정말 사람 성가시게 하는군."

벌사장이 전화를 끊었다.

"너희들 안 바쁘면 잠시 가게 좀 보고 있을래? 곧 운동화를 맡기러 온다는 손님이 있어서 말이다. 내가 잠시 사람 좀 만나고 금방 올게."

벌사장은 귀찮아 죽겠다는 얼굴로 나갔다. 드디어 결심을 하고 결정을 내린 모양이었다.

"우리 할머니가 태후 엄마한테 전화해 보셨거든. 많이 다치지는 않았대. 서랑이도 그렇고. 둘 다 며칠 입원하면 되나 봐. 다행이야."

"다행이네."

나는 수진이 눈을 피해 허공을 바라봤다.

"나, 태후랑 친해."

수진이가 말했다. 나는 수진이를 힐끗 바라봤다. 왜 저런 말을 하는지 알 수 없었다.

"우리 할머니가 태후네 집에서 집안일을 도와주는 일을 하시거든. 청소도 하시고 반찬도 만들고. 태후 엄마도 우리 할머니한테 잘해 주시고 우리 할머니도 태후네 집안일을 우리 집 일처럼 하셔. 우리 할머니는 태후나 태후 엄마를 괜찮은 사람들이라고 말해. 같이 살던 우리 아빠가 어느 날 갑자기 집을 나가고 나와 할머니만 덩그러니 남았는데 그걸 알면서도 이유를 묻지 않거든. 관심이라는 이름으로 궁금한 걸 못 참고 시시콜콜 파헤치려고 하는 사람들 많잖아. 우리 할머니도 태후네 가족을 좋아하고 나도 마찬가지야. 태후랑은 힘든 일을 의논할 정도로 친해. 내가 정말정말 궁금해서 태후한테 물어봤거든. 내가 태후에 대해 다 아는 건 아니지만 내가 아는 태후는 서랑이를 사귀면서 너까지 사귀는 양다리를 걸칠 아이는 절대 아니거든. 여기 뭐 마실 것 좀 없니?"

나는 냉장고를 열었다. 냉장고 안은 휑했다.

"사장님이 일이 있었거든. 그동안 냉장고를 채워 놓을 상황이 아니었어."

나는 정수기에서 물을 받아 수진이에게 내밀었다. 수진이는 물 한 컵을 단숨에 마셨다.

"물어봤더니 태후도 자기가 왜 그러는지 도무지 알 수가 없다고 했어. 처음에는 마법에 걸린 거 같다고 하더니 나중에는 저주에 걸린 거 같다고 했어. 많이 힘들었나 봐."

나는 수진이를 바라봤다.

"나도 태후 말을 믿어야 하는지 말아야 하는지 헷갈리기는 한데 태후가 없는 말을 하는 아이는 아니라서 말이야. 너는 혹시 이유를 알고 있니? 태후가 네 가까이 가면 네가 좋아진대. 자기 마음을 어떻게 할 수 없을 정도로. 그리고 말도 멋대로 나온대. 그런데 조금 거리가 멀어지면 언제 그랬냐는 듯 너를 좋아하는 마음이 싹 사라진대. 태후는 서랑이를 진짜 좋아하고 있어. 태후 같은 애가 서랑이 같은 애를 왜 좋아하느냐고 의문을 갖는 아이들도 있어. 그건 선이 너도 그럴 거야. 처음에 둘이 사귄다고 했을 때 떠들썩했잖아? 하지만 중요한 건 태후가 서랑이를 좋아하는 거야. 태후는 화나고 삐진 서랑이를 달래 보려고 애썼는데 그게 잘 안 된다고 했어. 당연히 그랬겠지. 일단 너도 모르는 일이면 태후는 정신적으로 이상한 거야. 치료를 받아야 해. 태후한테 그 말을 듣고 남의 일에 참견하지 않으려고 마음먹고 있었는데 이런 일이 일어난 거야. 장선, 너도 모르는 일이야?"

"몰라."

나는 잘라 말했다.

시트지를 붙여도 뿔은 뿔이다

잠이 들기만 하면 악몽에 시달렸다. 밤새 누군가에게 쫓기고 밤새 낭떠러지에서 떨어졌다. 뱀들이 우글거리는 동굴에 갇히기도 했다.

태후와 서랑이가 많이 다치지는 않았지만 죄책감은 시간이 지날수록 더 커졌다.

그러는 중에 사고가 나기 전 태후가 이상했다는 소문이 돌기 시작했다. 이랬다저랬다 말을 뒤집는 건 기본이고 태후 자신도 자기 마음을 모르겠다고 고백한 적이 있다고 했다. 율이가 서랑이에게 들은 말이라고 했다. 나와 태후가 사귄다고 율이가 말했던 적이 있었다. 율이는 그 말을 서랑이한테 들었던 거다.

'나는 태후가 이렇게 될 줄은 몰랐어.'

태후가 어쩌다 엮이게 되었는지 모르겠다. 운동화를 신고 나서 태후를 보면 발바닥이 가려운 증상이 나타났던 걸로 봐서 아마도 내가 간절히 원하던 그 일을 완벽하게 이루기 위해서는 태후가 필요했던 모양이었다. 써먹기에 가장 적절한 존재.

나는 태후에게 나쁜 감정 없었다. 서랑이 같은 애를 좋아하는 태후가 한심하고 미울 때도 있었지만 그건 따지고 보면 서랑이에 대한 미움이었다.

마음이 무거웠다. 태후의 누명은 벗게 해 주고 싶었다. 하지만 할 수 있는 일이 없었다. 악몽은 더 심해졌다.

사고가 나고 일주일 후 서랑이가 학교에 왔다. 태후는 2, 3일 더 지나야 학교에 올 수 있다고 했다.

"나 좀 보자."

나는 수업 시작하기 전에 운동화를 벗고 서랑이를 교실 밖으로 불러냈다.

"그 키링, 태후가 중고 마켓 박스에 집어넣은 거 아니야. 내가 넣었어."

서랑이가 눈을 동그랗게 뜨고 나를 바라봤다.

"태후가 흘리고 간 걸 내가 주웠거든. 내가 넣는 걸 본 증인도 있어. 네가 정 내 말을 믿지 못하겠으면 증인을 밝힐 수도 있어. 우리 거래 하나 할래?"

나는 서랑이를 뚫어지게 바라봤다.

"나도 지금 내 감정을 억지로 누르면서 너랑 말하고 있는 거야. 아무 잘못도 없는 태후가 정신병자로 몰리고 있는 거 같아서. 야, 너 태후 좋아하는 거 맞냐? 율이한테 태후가 이상하다고 말했다며? 좋아하는 사이에 어떻게 그럴 수 있냐? 뭔가 이상해도 감춰 주고 지켜볼 줄 알아야지. 하긴 너 같은 애한테 뭘 바라겠냐?"

이 말은 하고 싶은 말이 아니었다. 운동화를 벗었는데도 입이 제멋대로 말하고 있었다.

"사고가 나던 날에도 길에서 태후를 만나자마자 키링이 어쩌고저쩌고 하면서 태후에게 따지고 들었을 거야. 그리고 태후는 왜 때려? 때리다가 왜 도로로 뛰어들어서 사고가 나게 만드냐? 하여튼 너는 마음에 드는 구석이 하나도 없는 아이야."

이 입이 정말 왜 이러는지 모르겠다. 해결을 하려고 했는데 해결은커녕 일이 도로 커지게 생겼다.

나는 결국 서랑이에게 하고 싶은 말을 하지 못했다.

빌라에 사는 여자가 했던 말이 생각났다. 제안을 받아들이면 멈추고 싶어도 멈추지 못한다고 했다. 운동화를 벗어도 운동화의 힘에서 벗어나지 못한다는 말 같았다. 두려웠다.

나는 수업이 끝나자마자 빌라로 달려갔다. 초인종을 누르고 또 눌러도 문은 열리지 않았다.

"왜 그렇게 죽을상이냐? 비스타혁신은 많이 다치지 않았다며? 곧 학교에 온다고 했다며? 그런데 왜? 얼굴이 삼분의 일로 쪼그라들었네. 밥은 먹고 다니니? 급식 먹었어? 척 보니 안 먹은 거 같네. 짜장면이라도 시켜줘?"

"아니요. 짜장면 먹을 기분이 아니에요. 아무것도 먹고 싶지 않아요. 영원히 저주에 걸려 살 건데 먹어서 뭐 하겠어요. 이러고 그냥 굶어죽는 게 낫지."

한숨이 절로 나왔다.

"무슨 저주에 걸렸는데? 잠자는 숲속의 공주도 아니고."

"농담하고 싶지 않아요. 저주를 풀어 줄 게 아니라면 말 시키지 마세요. 제가 걸린 저주는 카키색의 푸석푸석한 긴 머리를 가진 여자만이 풀 수 있어요. 배달 갈 운동화랑 수거해 올 곳 주소나 주세요."

"저 위에 있던데."

벌사장이 턱으로 밖을 가리켰다.

"뭐가요?"

"네가 찾는 사람 말이다. 내가 좀 전에 일이 있어서 나갔다 오는데 말이다. 카키색의 푸석푸석한 긴 머리의 여자가 저기 만석시장 입구에 있는 편의점 야외 테이블에서 뭘 먹고 있던데."

"정말이에요?"

"정말이지. 지금은 갔는지 어쨌는지 모르지만……."

나는 벌사장 말이 끝나기 전에 세탁소에서 뛰쳐나왔다

"야, 30분 전에 봤다. 30분 전이야."

벌사장이 소리쳤다.

만석시장이 멀리 보였다. 나는 빠르게 편의점 앞 야외 자리를 스캔했다. 누군가 앉아 있었다. 가까이 다가가자 카키색 머리가 눈에 들어왔다. 햇볕을 받아 더 푸석푸석해 보였다.

"제가 얼마나 찾았는지 알아요? 집에도 두 번 찾아갔었어요."

나는 카키색 머리 여자 맞은편에 앉았다. 여자는 땅콩을 안주로 놓고 맥주를 마시고 있었다.

"멈추고 싶은데 멈춰지지가 않아요. 방법 알고 있죠? 방법 좀 알려주세요."

여자가 내가 신고 있는 운동화를 힐끗 바라봤다.

"간절히 원하는 바는 이뤘고?"

여자가 시큰둥하니 물었다.

"아니요."

"그런데 멈추려고?"

"방향을 잘못 잡았어요. 엉뚱한 사람이 피해를 입고 있어요."

여자는 뚱한 표정으로 내 말을 듣더니 아무 말도 하지 않고 맥주만 홀짝홀짝 마셨다.

"예?"

"그런 기회 잡는 것도 쉬운 일이 아니야. 그런데 원하는 걸 이루지도 못하고 중간에 포기하겠다고? 좀 더 견뎌 보지 그러냐?"

"견뎌도 제가 원하는 건 이루지 못할 거 같아요. 제가 이름을 말해도 누군지 잘 모르시겠지만 말이에요. 태후는 서랑이를 진심으로 좋아하더라고요. 지금도 여전히 서랑이를 왜 태후가 좋아하는지 명확한 이유는 알 수 없지만 분명하고 중요한 건 태후가 서랑이를 좋아한다는 거예요. 누가 정해 준 방향인지는 모르지만 태후를 방향으로 삼은 건 실수였어요."

"노우, 노우."

여자가 고개를 저었다. 그렇지 않아도 심란한 머리카락이 사방으로 뻗쳤다.

"그 방향이 성공률이 가장 높은 방향이야. 조금만 더 나가면 100퍼센트 성공이지. 조금 참아 봐. 에구, 이런 다 마셨다."

여자가 맥주 캔을 입안에 90도로 세우고 마지막 한 방울까지 탈탈 털어 넣었다.

"방법을 알려주세요. 제가 양심의 가책을 느껴서 악몽에 시달리기도 해요. 저 때문에 교통사고도 났거든요."

나는 여자에게 매달렸다.

"에이그. 쯧쯧. 너, 다른 아이가 망하기를, 쫄딱 망하기를 간절히 바랐었지. 이제 여기서 포기하고 나면 앞으로는 복수 같은 건 꿈도 못 꾸는 사람으로 살 건데 그래도 괜찮아? 억울하지 않겠어?"

그래도 괜찮을 것 같았다. 나는 고개를 끄덕였다.

"사람의 마음은 말이다. 크게 나누면 선과 악이야. 대부분은 선이 악을 누르고 밖으로 나오기 때문에 세상이 순조롭게 굴러가는 거야. 그 운동화는 사람의 내면 깊은 곳에 있는 악을 건드리는 일을 하지. 간지러워서 참지 못하고 나오도록 말이야. 그런데 선이 역시 힘이 센가 보다. 성공한 인간들이 거의 없다더라. 나도 실패했거든. 운동화를 세탁해. 네가 직접 하지 말고 운동화 세탁소에 맡겨. 세탁하고 나면 색이 약간 변할 거야. 그럼 컴플레인 걸어. 명품인데 돈으로 물어내라고. 그다음은 물 흐르듯이 흘러갈 거야. 아, 이전에 세탁한 세탁소가 아닌 새로운 세탁소에 맡겨야 해."

여자는 자리를 털고 일어났다.

"아 참, 나중에 누군가 그 운동화를 신은 사람이 네 앞에 나타나면 말이다. 내가 너를 처음 만난 날 했던 말을 그대로 해 주어야 해. 그게 운동화를 신었던 사람들의 의무야. 그리고 나중에 또 그 사람이 포기하고 싶다고 찾아오면 내가 했던 말을 그대로 해 주면 돼. 아하아, 졸려. 집에 가서 한숨 늘어지게 자야겠다."

여자가 푸석푸석한 카키색 머리를 심란하게 흔들며 걸어갔다.

"만났냐?"

벌사장이 세탁소 앞에서 기다리고 있었다.

"예."

"저주는 풀렸고?"

"아직은요. 하지만 방법을 알아냈어요."

"무슨 저주인지 물어봐도 되냐?"

"제가 연극을 계속해야 하는 저주였어요. 연극배우를 꿈꾸는 것도 아닌데 날마다 연극을 해야 하더라고요. 제가 아

185

넌 저로 사는 거 싫어요. 9등급이라도 지금 이대로의 제가 마음 편해요."

"야. 사람이 소…… 아니다. 장선, 너 괜찮은 아이야. 그걸 모르다니. 솔직히 외모가 좀 달리긴 하지. 하지만 내가 누누이 말했잖아. 외모란 옷과 같아서 세월이 흐르면 낡는다고. 그리고 외모 평가는 주관적인 면도 많아. 눈이 황소 눈만 하고 코가 하늘을 찌르는 여배우 있잖냐? 이름이 뭔지 생각은 안 난다. 내 나이가 되면 사람 이름 기억하는 게 제일 힘들거든. 아무튼 그 배우를 사람들은 엄청 미인이라고 하더라. 그런데 내 눈에는 별로야. 하나도 안 예뻐. 그러니까 선아, 힘내라."

벌사장이 주먹을 쥐어 흔들어 보였다.

"그 여자와 완벽히 헤어졌어요? 헤어지자고 하니까 그 여자가 잠깐 매달렸었지요? 잘 뿌리치셨죠?"

"뭔 소리야?"

벌사장이 양손을 펼치며 어깨를 으쓱였다.

"맨날 고민하던 거요. 얼굴까지 늙어 가면서 고민하던 거 말이에요."

"아하, 크크크크크크크."

벌사장이 배를 잡고 웃었다.

"여자 아닌데? 나는 좋아하는 여자 없는데? 너는 여태 내가 여자 때문에 고민하고 있다고 생각했구나? 사실은 말이다. 내 친구놈 때문에 속 좀 썩었지."

벌사장 말은 이랬다.

벌사장에게는 친구가 한 명 있었다. 벌사장은 공부를 못했는데 그 친구는 공부를 잘했다고 한다. 벌사장은 가난했는데 그 친구는 부자였다고 한다. 닮은 곳이 없는 그 친구와 벌사장은 딱 하나의 공통점이 있었다. 못생겼다는 것. 그 친구는 의사가 되었다. 그것도 성형외과 의사였다. 그 친구는 강남하고도 압구정에 병원을 열었다. 눈을 트고 꿰매고 코를 높이고 턱을 깎는 기술도 뛰어나 얼굴을 뜯어고치려는 사람들이 줄을 섰다. 그런데 그렇게도 잘나가던 병원이 광고 멘트한 마디에 추락하고 말았다.

못생긴 여자가 설 곳은 지구상 어디에도 없다.

잘나가던 그 친구는 말 한마디 잘못해서 골로 간 거다. 충격에 빠졌던 친구는 다시 힘을 내 병원을 오픈했다. 썩어도 준치라고 역시 압구정이었다. 하지만 한번 흘러간 영화는 돌아오지 않았다.

"뜯어고치겠다는 사람들은 오지 않고 그놈은 초조해졌던 거지. 너 그거 아냐? 비포, 애프터 말이다. 성형외과 앞에 붙여 놓는 사진 말이다. 원래는 이렇게 생겼었는데 수술을 하고 나서 이렇게 변했어요 하고 광고하는 거 말이다. 매일 점 빼라, 점 빼라 전화질을 해서 성가셔서 갔었지. 점 몇 개 빼서 큰일이야 나겠나 싶어서 말이야. 그런데 그놈이 나보고 그걸 하라지 뭐냐? 싫다고 했지. 그런 걸 원하는 사람들이 있을 테니 그런 사람들 찾아서 쓰라고 했어. 않겠다는데도 날마다 전화를 해 대는 거야. 나만큼 광고 효과 뛰어난 모델은 찾기 힘들다고 말이다. 최고의 얼굴로 만들어 주겠다고 꼬시는 거야. 그런 말을 하도 듣다 보니 나도 모르게 귀가 솔깃해지고 고민이 되더라고."

"고민했던 게 비포 애프터라고요?"

"응. 결론은 안 하기로 했다. 나는 내가 좋아. 우리 간판의 '별' 자와 같지. 시트지를 붙였든 어쨌든 별은 별이잖아. 그치? 나중에 혹시 네가 원한다면 내가 소개시켜 주마. 다만 고등학교는 졸업하고 나서. 성장기에 수술 잘못하면 쭈그러든다더라. 아, 그리고 내일부터 우리 직원이 출근할 거다. 지금 인천공항이라고 전화 왔어. 당장 내일부터 일하러 나오겠단다. 안타까운 것은 동생이 끝내 이혼하기로 했단다. 결혼부터 이혼까지 이렇게 속전속결이어도 되는 건지 모르겠다. 그런 거 생각하면 내가 결혼 안 한 게 아주 잘한 거 같기도 하고. 그동안 수고했다."

벌사장은 알바비에 보너스까지 얹어서 주었다.

"아 참. 이 명품 운동화 주인 말이에요. 돈 받으러 왔어요?"

"아니, 아직. 양심에 찔려서 안 올 모양이다. 저게 어딜 봐서 명품이냐?"

벌사장은 처음부터 자기는 명품이라는 말을 믿지 않았다고 했다. 운동화 세탁소 경력이 몇 년인데 그걸 모르냐고 말이다. 한마디 할까 하다 말았다.

나는 집으로 돌아오는 길에 운동화를 샀다. 그리고 쇼핑센터 근처에 있는 운동화 세탁소에 신었던 운동화를 맡겼다. 세탁소 사장은 배달은 안 된다고 내일 직접 찾으러 오라고 했다.

"확실히 내일 세탁이 끝나지요?"

"그렇다니까. 1시 이후에 언제든 오면 찾아갈 수 있다니까."

네버 엔딩 스토리

"내가 설명해도 너는 못 믿어. 내가 마법의 운동화를 신고 이상한 일이 일어나서 태후까지 이상해진 거라고 하면 믿겠냐?"

"지랄을 하세요."

서랑이가 입을 삐죽 내밀었다.

하여간 말하는 싸가지하고는. 저런 애가 태후 앞에서는 어쩜 그렇게도 차분하고 다른 아이 같은지 모르겠다. 저런 말을 듣고도 입이 멋대로 움직이지 않는 걸 보면 이제 운동화의 힘에서 벗어난 듯했다.

"됐고. 나는 이제 태후 옆에는 얼씬도 하지 않을 거야. 너 혼자 태후 실컷 사귀어. 대신 조건이 있어. 저번에 말한 것처

럼 거래라고나 할까, 너, 태후가 이상하다는 말 율이한테만
했지? 이건 아주 중요한 거니까 진지하게 말해야 해. 태후와
네가 알콩달콩 잘 지내게 해 주려고 그러는 거니까."

나는 진심으로 말했다. 내 진심이 통했는지 아니면 이건
장난이 아닌 것 같다고 여겼는지 서랑이 얼굴도 진지해졌다.

"응, 율이한테만."

"율이한테 그 말은 거짓말이었다고 해. 태후가 하도 열받
게 해서 지어낸 말이라고."

"그것만 하면 돼? 좋아. 장선, 너도 약속 지켜."

서랑이가 새끼손가락을 내밀었다. 애가 단순한 구석이 있
다. 초딩처럼 순진한 구석도 있다. 뻔뻔하고 예민하고 재수
없는 면만 있는 게 아니었다. 나는 서랑이와 새끼손가락을
걸었다.

"부탁이 있는데 너 앞으로 나한테 9등급이라고 하지 마."

내 말에 서랑이는 입을 삐죽거렸다.

서랑이는 율이에게 내가 시킨 대로 말했다. 율이는 반 아
이들에게 그 소문은 헛소문이라고 말했다. 모든 것이 정리되
고 나자 태후는 그 순간을 기다렸다는 듯 퇴원을 하고 학교
에 왔다.

"장선, 태후와 서랑이가 다시 친해진 거 맞지?"

율이가 내게 다가와 물었다.

"보면 몰라. 친해졌지."

"슬프다."

율이가 중얼거렸다. 나는 율이를 바라봤다. 콧등이 벌겠다.

"너 서랑이 좋아하지?"

율이는 대답하지 않았다.

"대체 서랑이 어디가 좋아? 태후도 그렇고 너도 그렇고 이해가 안 되네. 예뻐서? 얼굴만 보는 거 위험한 거야."

"아니야. 그냥 서랑이라서 좋은 거야."

율이가 말했다.

다시 또 두 눈 뜨고 봐주기 힘들 정도로 꽁냥꽁냥이 시작되었다.

"아휴, 지겨워. 정말 미치겠다. 너희들은 시험공부도 안 하냐?"

참다못한 수진이가 화를 냈다.

수업이 끝나고 천천히 복도를 걸어 계단을 내려왔다. 또 천천히 중앙현관을 향해 걸었다. 알바를 그만뒀더니 남는 게 시간이었다.

중앙현관을 나서는데 휴대폰이 울렸다.

"여보세요."

"여보세요. 장선 학생. 내가 아무리 생각해도 억울해서 말이야. 색깔이 바랬다고 하는데 어디가? 나는 암만 봐도 모르겠어. 약간 푸르스름한 부분은 맡길 때부터 그랬다고. 그리고 나는 저런 명품 본 적이 없거든."

"명품 맞고요. 색깔 바랜 거 맞아요. 딱 깎아서 백만 원만 받을게요. 그거 거의 이백만 원 다 되는 운동화예요. 돈은 시간 될 때 받으러 갈게요."

나는 할 말을 마치고 얼른 전화를 끊었다. 다시 전화가 왔다. 나는 받지 않았다. 또 왔다.

"이제부터는 절대 안 받을 거니까 전화 그만하세요."

나는 휴대폰을 주머니에 넣고 돌아섰다.

"으악. 깜짝이야."

간 떨어질 뻔했다. 수진이가 앞에 서 있었다. 은근히 소리 없이 다가오는 걸 무지하게 잘하는 타입이다.

"무슨 전화인데?"

수진이가 물었다. 다른 사람에게는 관심 없다는 애가 별일이었다.

"협박을 받고 있는 거 같아서 그래."

"나, 협박 같은 거 안 받아."

드르르륵 드르르르륵.

주머니 속에서 휴대폰이 울렸다. 내가 진짜 못살겠다. 벌 사장은 오겠지 하고 전화 같은 거 안 하던데. 수진이가 보고 있어서 전화를 받지 않을 수가 없었다. 나는 주머니에서 휴대폰을 꺼냈다. 엄마였다.

"응. 엄마. 이 시간에 뭔 일이야? 전화를 다 하고."

"오늘부터 알바 안 가지? 빨리 집으로 와. 파티 하게."

"파티? 갑자기 뭔 파티?"

"일단 빨리 와. 국수 불어터지기 전에 와야 한다."

엄마가 전화를 뚝 끊었다.

"협박 전화 아니고 우리 엄마야. 파티 한다고."

나는 수진이에게 말했다.

"으응, 그래. 통화하는 소리 들었어. 파티 한다고. 좋겠다. 얼른 가."

수진이가 손을 내저었다.

"혹시 국수 좋아해?"

나는 돌아서다 말고 수진이에게 물었다.

"우리 집은 파티를 국수로 하거든. 국수 좋아하면 같이 가도 되고 가기 싫음 거절해도 돼."

나도 모르겠다. 내가 왜 수진이에게 이런 말을 하는지.

"국수 완전 좋아하지. 가도 돼?"

"그럼. 우리 엄마 아빠는 우리 집에 누구 오는 거 좋아해. 가자. 국수 먹고 나서 내가 해 줄 말도 있어. 물론 너는 믿기 힘들겠지만."

수진이를 데리고 우리 집에 갈 용기가 어디서 나왔는지 나도 모른다.

집에 도착해서 현관문을 여는 순간 수진이 눈이 동그래졌다. 아빠의 빨간 머리가 오늘따라 더 부스스하고 컸다. 수진이는 큭큭 웃었다. 하지만 무시하는 눈빛은 아니었다.

"저도 나중에 이런 색으로 염색 한번 해 보고 싶어요."

수진이는 웃음을 터뜨린 게 미안했는지 아빠에게 이렇게 말했다.

"이게 색을 내는 비율이 중요해. 나중에 내가 비율을 자세히 설명해 줄게."

아빠는 수진이 말을 진심으로 알아들었다.

집으로 들어온 정이는 수진이를 보고 벌어진 입을 다물지 못했다.

"저 범생이가 우리 집에 무슨 일이냐?"

"으응? 범생이니?"

정이가 하는 말을 아빠가 알아들었다.

"저는 그냥 수진이에요. 이수진."

수진이가 말했다.

"자, 그럼 오늘 파티를 하게 된 이유를 말할게. 드디어 엄마가 숍을 내게 되었어. 네일숍."

"진짜야?"

정이와 나는 동시에 물었다.

"그럼 진짜지. 오늘 가게 계약도 했는걸. 그리고 더 놀라운 소식이 있어. 엄마가 숍을 내면서 조수도 두기로 했어. 보조 말이야. 일도 배우겠다고 약속했어. 바로바로 아빠!"

"같이 일하자고 하도 애걸복걸해서 내가 어쩔 수 없이 프리랜서의 길을 접고 수락했지."

아빠가 으쓱였다.

"조수까지 두는 걸 보면 되게 넓은가 보네?"

정이가 물었다.

"아니, 비교적 아담해. 아하, 선이도 아는 곳이야. 벌사장 세탁소 옆, 빈 가게 있잖아. 임대라고 몇 달이나 붙어 있던. 그 가게를 싸게 계약했어."

그 가게라면 자리는 꽝이다. 접근성이 떨어진다. 그래서 벌사장 세탁소가 수거를 해 오고 배달을 전문으로 하는 거다. 잘못하다가는 쫄딱 망할 수도 있다. 하지만 나는 엄마를 믿는다. 캥거루족인 아빠를 캥거루 주머니에서 꺼낸 사람이 엄마다. 그리고 어떤 경우에도 캥거루 세 마리에게 큰소리 한 번 안 냈던 엄마다. 나는 아빠도 믿는다. 아빠는 엄마 말이라면 무조건 오케이다.

날마다 알콩달콩, 꽁냥꽁냥 네일숍을 할 거다. 혹시 알아. 엄마 아빠의 모습을 보고 벌사장이 결혼하고 싶어질 줄.

수진이를 바래다 주고 오는데 또 운동화 세탁소에서 전화가 왔다. 질겨도 무지하게 질겼다. 다른 세탁소에 맡길 걸 후회가 되었다.

> 시간이 되면 돈 받으러 갈게요. 영원히 시간이 안 될 수도 있어요. 그 운동화는 수거함 옆에 얌전히 놔 둬도 될 거 같습니다. 연극이 필요한 사람이 가져가겠지요.

나는 운동화 세탁소 사장에게 문자를 보냈다.

돌아보니 꽤 괜찮았던 그 아이에게

누군가 지독하게 미웠던 적이 있다. 하는 말마다 나에게 상처를 줬던 아이였다. 그 아이가 하는 말을 들을 때마다 내 스스로가 보잘것없는 사람으로 여겨졌다.

어느 날 나는 복수를 하고 싶었다. 그 아이가 내 앞에서 쫄딱 망하는 걸 보고 싶었다. 그걸 도와줄 마법사가 존재한다면 내 영혼이라도 팔고 싶었다. 한동안 그것만 생각했다. 다른 것에는 눈도 돌릴 수 없었다. 마법사를 만나지도, 영혼을 팔지도 않았지만 간절히 원하는 그 일이 점점 이뤄지기 시작했다. 그러자 나는 더 그 일에 매달렸다.

시간이 한참 지나서 알게 되었다. 내가 매달렸던 그 일이 내 시간을, 내 삶을 갉아먹고 있었다는 걸. 내가 나인지, 아닌

지조차 헷갈렸다. 그걸 알고 나서 나는 멈췄다. 그리고 달팽이가 껍질 속으로 들어가듯 웅크리고 나 자신을 돌아봤다. 꽁꽁 얼어붙은 나 자신을 어루만져 주고 따뜻한 온기를 불어넣어 주었다. 그렇게 나를 찾을 수 있었다. 찾고 보니 꽤 괜찮은 아이였다.

이 작품은 그 기억 속에서 태어났다.

우린 모두가 소중한 존재들이고 나를 가장 사랑해야 할 사람은 바로 자기 자신이라는 것, 나를 온전히 사랑할 때 비로소 타인을 보는 눈도 따뜻해진다는 것, 사람은 각각 다르다는 것도 인정할 수 있다는 것. 이 이야기를 읽는 이들이 그 사실을 알게 되길 간절히 바란다.

내가 쫄딱 망하기를 바랐고 쫄딱 망할 뻔했던 그 아이, 지금은 그럭저럭 잘 살고 있다. 다행이다. 그 아이가 그때 쫄딱 망했다면 나는 두고두고 가책 같은 걸 느끼며 살 뻔했다.

애야! 잘 살아 줘서 고맙다!

봄을 기다리며 박현숙

네가 망해 버렸으면 좋겠어

ⓒ박현숙, 2025

초판 1쇄 발행 2025년 3월 31일
초판 2쇄 발행 2025년 4월 10일
지은이 박현숙
펴낸이 김혜선 **펴낸곳** 서유재 **등록** 제2015-000217호
주소 (우)04034 서울 마포구 잔다리로7길 18(서교동 377-20) 504호
대표메일 seoyujaebooks@gmail.com
종이 엔페이퍼 **인쇄** 성광인쇄

ISBN 979-11-89034-94-8 43810